幸せ嫌い

平　安寿子

集英社文庫

目次

幸せ嫌い

1　幸せは落とし穴

1

この世には、男と女しかいない。

一対となってあらたな生命を創造し、もって地球にはびこるためである。よって、生きとし生けるものすべてが、繁殖のために本能的にお相手を求める。

とはいうものの動物の世界では、必死になるのはオスのほうだ。カエルなんか、一匹のメスの背中にオスがてんこ盛りになって、そりゃもう必死でライバルを蹴落としている。

闘いに敗れたものは、自分の遺伝子を残せない役立たずとして、荒野に虚《むな》しく屍《しかばね》をさらすだけ――。

てことは、動物の世界では、あぶれるのはオスと決まっているのだろうか。誰にも選ばれず虚しく老いていくメスって、いないのだろうか。

カップルになれなかったら、どうしよう……と気を揉《も》み、焦り、いっそカエルに生まればよかったと苦しむのは、人間の女だけなのか？

杉浦麻美《すぎうらあさみ》は結婚欲満々である。物心ついたときから、そうだった。自分が結婚できないなんて、考えもしなかった。

それなのに、未婚のまま、とうとう三十歳になった。

こんなはずではなかったのだ。

というのも、麻美はそこそこモテる女だったのだ。引く手あまたのモテモテ美女ではないが、明るい笑顔で感じのよさをアピールする技を武器に、自動車関連企業のＯＬになって以来、参加した合コンであぶれたことはほとんど、ない。

もしかしたら、結婚できていない遠因はそこにあったかもと、麻美は思っている。

そこそこモテた成功体験にあぐらをかいて、結婚戦線に乗り出すのが遅れたきらいはある。

合コンで出会った相手とは、付き合っては別れるの繰り返しだった。結婚にまで関係が熟さない。気が合って、一緒にいると楽しいのだが、それ以上でも以下でもなかった。

もっとも麻美のほうも、そのつもりで相手を探す真剣さに欠けていた。

麻美はいわゆる、恋愛体質である。惚《ほ》れっぽくて、「いいかも」と思う相手を見つけたら、即、ニコニコ笑い、可愛《かわい》く振る舞って、お出迎え態勢になった。

ハードルの低い女になれば、男の取りっぱぐれはない。だが、心根は真面目である。結婚したら夫一筋と決めていた。

実家暮らしの麻美は、給料を全部自分のために使えた。おしゃれをし、お遊び気分の合コンでチヤホヤされ、食べ歩きに海外旅行にと好き放題をした。それもこれも、「結婚したら、こうはいかない」と知っていたからだ。

三つ下の妹、良美《よしみ》は大学在学中に妊娠し、二十歳で中退して結婚した。相手はサークルの先輩で、良美が一年生のときから付き合っていたらしい。夫は旅行代理店勤務で、高給取りとはいえないのに、良美は次々と子供を産んで、三人の子持ちとなった。それも、全員男の子。

良美はしょっちゅう実家に来ては、母や麻美に育児を手伝わせた。おかげで麻美は、子育てがいかに母親の献身を必要とするものか、つぶさに知ることとなったのである。

麻美が海外旅行の準備をしているそばにへたり込んで、良美は「いいなあ、お姉ちゃんは自由で」と、こぼす。

着ているTシャツは子供のよだれと自分の汗で、いつもドロドロ。手入れをする暇がないから、髪はぼさぼさ、お肌もボロボロ。花の二十代が台無しだ。

「わたしも旅行したーい」と、天を仰いで嘆くのを見ても、麻美は同情しなかった。

大体、良美は人が持っているものは自分も欲しいと大泣きしてねだる子供だった。そして、そのまま大きくなった。自制心とか思慮分別というものを小指の先ほども持ち合わせていない。バカな子。麻美はずっとそう思って、見下していた。

だから、在学中に妊娠だなんて、不測の事態を引き起こすのだ。若いうちしかできないお楽しみが山ほどあるのに。

わたしはちゃんと考えている。自由時間を思いきり楽しんで、その後、家族のために生きる。その覚悟はできている。

だが、まだ、時間がある。結婚は二十八歳くらいですれば、いいんじゃない？

と、呑気《のんき》に構えていた。二十五歳までは。

2

ところが、二十六歳になってみると、心境がガラリと変わった。

同い年の友達が次々と結婚してゆくのだ。麻美よりぼんやりしていたあの子も、麻美ほどモテなかったあの子も、つるんで遊んでいたあの子も……！

完全に置いていかれた。下手したら、一生、シングル？

初めて浮上したネガティブな可能性が、麻美にかつてないプレッシャーをかけた。

わたしが結婚できないなんて、そんなの、あり得ない！

焦りが生じたそのとき、社内に思わぬ出会いがあった。地方支社で現地採用され、三年で営業主任に抜擢《ばってき》された真下聡《ましたさとし》が、支社の統廃合に伴い、本社に呼ばれたのだ。

二十八歳。切れ者らしく、颯爽《さっそう》としている。そして、シングル。

OLたちはこぞって色めき立ったが、その中から、聡は麻美を選んだ。

一年、真面目に付き合った。麻美はその間、合コンも、惰性で付き合っていた男からの誘いも一切蹴飛ばして、彼一人に集中した。

会社が認めたエリートらしく、遊び心のない、つまりは面白みのない男だったが、それだけに頼りがいは申し分ない。聡と比べれば、合コン男たちは風に舞う紙切れのように薄っぺらだった。

麻美の二十七歳の誕生日に、聡は「そろそろ、ちゃんとしようか」という、そっけない言い回しでプロポーズしてきた。

麻美は内心で「やったぜ」とガッツポーズ、顔では涙目で頷《うなず》くという必殺技を決めた。

互いの両親と顔合わせをし、あとはいつ公表するかだけの婚約状態となりながら合コンに出かけたのは、言ってみれば、バーゲンセールのお知らせが来たら一応のぞいてみるのと同じ、出来心だった。しかし、そこで、すっごくタイプの男と出会ってしまった。

どこがすっごくタイプかというと、顔である。あろうことか、ジョニー・デップ似だった。いや、まあ、日本人だし、ファンが聞いたら「どこが!?」と怒られそうなレベルなのだが、翳《かげ》りと甘さが同居する眼差《まなざ》しが、麻美にはジョニー・デップに見えたのである。

麻美ひとりの勘違いではない証拠に、その場にいた女が全員彼に注目しているのは明らかだった。彼、鮫島《さめじま》も自分の魅力を知っているらしく、スーツをノーネクタイでうまい具合に着崩した感じがカッコよかった。

合コンには自信があった麻美だが、それはハードルを低くしていたからだ。鮫島は上物過ぎた。メールアドレスを交換したが、参加した女ほとんど全員が彼のアドレスをゲットしていた。

それだけに、翌日「また会いたい」とメールが来たときは舞い上がった。婚約中だが、まだシングル。人生の夏の終わりを飾る打ち上げ花火だと、麻美は都合のよい口実を作って、出かけた。そして、そのまま、お持ち帰りとあいなった。

朝、起きると隣にジョニー・デップがいた。

好きになったらアバタもエクボに見えるのだ。「ちょっと似ている」が「そっくり」に格上げ修正されるのも無理はない。麻美はこの状況を、強制終了できなかった。

待ち合わせのカフェに行くと、奥のテーブルからジョニー・デップが手を振る。夜道を歩けば、ジョニー・デップに抱き寄せられる。

麻美はすっかり、夢中になった。

心変わりは、はっきりと態度に出た。それだけでなく、噂《うわさ》が伝わって聡に真偽をただされた。

麻美は黙って、下を向いた。

「僕とのことは、どう思ってるんだ」と厳しく追及されて、「ごめんなさい」と謝るしかなかった。

申し分ない婚約者と、どこの馬の骨かわからないが魅力だけは圧倒的な恋人。すいません。あまりにもよくある恋愛ドラマのパターンです。でも、麻美の脳内では、こうなっていたのである。

なにしろ、鮫島はジョニー・デップ顔だ。見ているだけで、胸がきゅんとなる。口より手が動くタイプで、さりげなく手をとったり、髪を撫《な》でたり、鼻先をちょんとつついたりする。それだけで、火がついたように熱くなった。

四六時中、彼のことを思っている。二人でいた時間のありさまを、何度も再生する。感情だけがふくれあがり、不安定で、ちょっとした刺激でわっと泣きそうになった。

麻美は生まれて初めて、「めくるめく恋」というのを知った。

合コンでモテていい気になっていたのは、恋愛ごっこであって、恋ではなかったのだ。

聡との婚約は解消となり、会社に居づらくなった麻美は退職した。だが、つらくはなかった。幸せだったからだ。

これで晴れて、鮫島との仲を深めていける。

恋を実らせての結婚。これこそ、正しい結婚だ。

鮫島は輸入物のセレクトショップを開くつもりで準備中だと言った。だから、麻美はその店で一緒に働く気になっていた。

苦楽を共にするって、美しい言葉。麻美はうっとりしつつ、開業資金の一部として貯金から五十万円を引き出して渡した。

それが縁の切れ目だった。

連絡がとれなくなり、心配していると、知らない女からメールが届いた。タイトルが、『詐欺師鮫島の被害者さまへ』とある。

発信者は、鮫島に借金を踏み倒された三十五歳の薬剤師とあった。――怒りのあまり、彼の身辺を調査した結果、同様の被害に遭った五人の仲間を見つけた。この際、みんなでまとまって警察に被害届を出そう――と呼びかけている。

麻美はショックで呆然《ぼうぜん》とするばかりで、返信はしなかった。だが、怒れる薬剤師は被害者代表として闘った証拠に、まもなく結果を報告してきた。

鮫島は「返すつもりだったが、事業に失敗して返せなくなった」と言い張り、自己破産を申請して、訴追されることなく逃げ切ったそうだ。

だが、誰が見ても確信犯だ。自分は彼を絶対に許さないと、薬剤師は決意表明でメールを締めくくっていた。

それでも、麻美は鮫島を憎めなかった。

わたしはだまされたんじゃない。ダメな男に恋をしただけ。麻美は、そう思った。鮫島は、麻美の親に会いたがらなかったし、自分の家族にも会わせようとしなかった。誠実さを疑う余地は十分にあった。でも、それらは後知恵だ。幸せは、光り輝く落とし穴だ。足元が見えない。見えないことがわからない。ただ、酔っ払う。地面が消えて落っこちていくのを、羽根が生えて空を飛んでいるのと間違える。気がついたときは、もう遅い。

悲しくて、悔しくて、恥ずかしくて、落ち込んだ。

落胆は誰の目にも明らかで、心配した女友達の一人が、聡と復縁できないかアプローチしてみたらとアドバイスしてくれた。

でも、それはできない。鮫島に恋したとき、麻美にはわかった。麻美が見ていたのは聡ではなく、彼の「条件」に過ぎなかった。結婚を焦るあまり、心を置き忘れた。条件がいいから、ではなく、心から好きな人と結婚したい。

麻美は涙を拭いて、立ち上がった。

で、新たな出会いを求めて、仕事探しとお見合いパーティーに乗り出した。

仕事を探したのは、無職だとカッコ悪いからだ。それに、ＯＬというのは、あれでけっこう男受けする職業なのである。受け身で家庭的な感じがするらしい。

などと鼻歌まじりで探してみて、ＯＬ雇用の門戸は新卒以外にはほとんど開かれていない現実を知った。

前にいた会社でも、そうだった。欠員が出れば、派遣で補った。そういうものだということを、すっかり忘れていた。

それで、派遣会社に登録した。仕事に生きるわけじゃなし、すぐに結婚するんだから、派遣でいいと割り切った。派遣先で運命の出会いが待っていないとも限らないし。

ところが、目論見《もくろみ》ははずれた。

お見合いパーティーでは、相変わらず、そこそこモテた。だが、お見合いパーティーと銘打ってあるのに、ヤレる相手探しが目的の男ばかりが集まるらしく、結婚欲をのぞかせるとソッコーで逃げていく。気がつけば、合コンのお誘いも来なくなった。三十近くなったから？　それって、ひどくない？

派遣先でも、出会いを求めてくるのは既婚者と決まっていた。独身もいるにはいたが、それは同僚ＯＬたちにも見放されたヘタレばかり。

なんて、運がないんだろう。

聡がいるのに、鮫島に走った。たった一度の過ちのタタリにしては、厳しすぎる。盲目的な恋をしたために、小さいときから夢見てきた結婚の可能性がすべて葬り去られたなんて、そんなこと、あるわけがない！

わたしは、出会いをあきらめない。信じていれば、願いは叶《かな》う。

麻美は頑固に、夢を信じることにした。だって、あきらめたら終わりでしょ。

いつか、きっと――。

なんて言ってるうちに、三十歳になった。

実家暮らしで未婚の三十歳。

この事態に、母親が焦った。

3

婚約解消に当たっては、麻美の両親も揃《そろ》って聡の家に赴き、頭を下げた。そこまでさせた娘が結局、男に利用されただけとわかって、恥の上塗りとなった。

泣いて謝る麻美に、父は何も言わず、母は「高い授業料だったわねえ」と呟《つぶや》いた。

その夜遅く、部屋でいつまでもメソメソする麻美のもとに母が来た。思い詰めて自殺でもしやしないかと、心配になったという。

当時の麻美は、そこまでは考えていなかった。というより、何も考えられなかった。

ただ、恋を失ったことが悲しかった。

母の胸にすがり、麻美はしゃくりあげながら、燃えに燃えた恋心のありさまを訴えた。

母も感情移入してボロボロ泣きながら、「お金はまた貯《た》めればいいんだし、麻美が立ち直ってくれたら、お母さんはそれが一番嬉《うれ》しい」と頭を撫でてくれた。

それ以来、両親共に結婚関連の話題は慎重に避けていた。

だが、三十になったからには、そうもいかない。みそぎは済んだとばかり、母がちょこちょこ懸念を口にするようになった。

父は、「いい相手がいないなら、家にいればいい」というスタンスだ。

良美がさっさと嫁いでいったぶん、麻美がいるのが嬉しいらしい。それに、多分、以前の失敗でコリたのだ。男で面倒を起こされるよりは、一生シングルのほうがましだと思っている。麻美には、そう思える。

初めての子供だけに、父は麻美に甘い。だから、麻美は父の気持ちがわかるし、ありがたいとも思うが、同時に、わかってないなとため息が出る。

麻美は結婚したいのだ。

その点、母親のほうが敏感だ。

ある日曜日、日当たりのいい居間で洗濯物のアイロンがけをしつつ、先日参加した高校の同窓会について話していた母がついでのように切り出した。

「一番盛り上がったのが、子供がなかなか結婚しないのが心配だってことなのよ。子供が独身で親と同居って、けっこう普通なのね」

母はことさら明るく言った。うちだけじゃないのよ、という励ましのような、開き直りのようなニュアンスで、麻美を見る。

「へえ、そうなの」

麻美も洗濯物をたたむ手を休めず、あえて軽く受けた。ズキンとくるが、仏頂面はできない。

三十歳で実家暮らし（実は結婚願望のかたまり）の自意識は、十分ピリピリしているのである。父の下着を手に取りながら、平静を装うのもひと苦労だ。

「でね。そのとき聞いたんだけど、親が自分たちのために、娘の自立を邪魔しているっていう説があるんですって。娘がそばにいれば、年とったとき介護してもらえるから。でも、そんなこと思ってる親はいないわよ。そんな風に見られるなんて、とんでもないよねって、みんなで怒ったのよ」

母はアイロンをかける手を止めて、しんみりと麻美を見やった。

「親は、世間体なんか気にしてない。心配してるのよ。いつまでも生きて、守ってやれるわけじゃないんだから」

「……わかってる」

わたしだって、この状態は心外で、心配です。麻美はうつむいて、口に出せない本音を喉元で押しつぶした。

母はアイロンがけを再開し、なにげなさそうに切り出した。

「麻美は結婚する気、あるの？」

「あるわよ」

麻美もカラリと、普通っぽく答えた。

「婚活って、してる？」

「そんなことまで、同窓会で話したの？」

笑いながら、質問返しではぐらかした。

麻美なりの婚活はしている。でも、不発だ。なんてことは、とてもじゃないが言えない。

「この頃じゃ、親が婚活に乗り出すケースが増えてるとか、そういうことを聞いたのよ」

「それも、なんだかねえ」

「そうでしょう？　そこまでするのは、ちょっとねえ」

母と娘で意見が一致した。ここらで、この話題はフェードアウトか。洗濯物も全部たたみ終えたし。

苦い思いを噛《か》み殺し、「お茶でもいれようか」と立ち上がりかけた麻美の出鼻を、母の一言が挫《くじ》いた。

「親はともかく、本人が婚活するのは、普通らしいじゃない？」

「うーん」

麻美はうなった。

結婚するのは、その気になっている男だけである。

聡も、そうだったのだ。彼は、所帯持ちであることが一人前の印と思い込んでいるところがあった。だから、三十前に結婚しておきたかった。それが、プロポーズの理由だったと、麻美に漏らしたことがある。

麻美に裏切られたあと、聡はすぐに別の女と結婚した。経緯は何も知らない。かつての同僚ＯＬが「奥さんは可愛い感じで、ちょっと麻美に似ている」と、メールで知らせてくれた。

麻美に似ているの一言は、慰めなのか皮肉なのか。

とにかく聡はさっさと結婚して、面目を保ち、麻美にリベンジも果たした。

かくのごとく、条件のいい男はその気にさえなれば、あっという間に結婚するのだ。

そして、結婚する気十分の独身男がウヨウヨいる場所といえば――。でも、

「結婚相談所とか、気が進まないのよ。お金を払って縁を買うのって、なんだか……」

惨めな感じ。

「そうよねえ」

母も、ため息をついた。

「昔は年頃の娘がいたら、ほっといても縁談が来てたのに、ああいうの、なくなっちゃったのねえ」

そして、問わず語りを始めた。

今年五十八になる母が若い頃は、近所や親戚に必ず一人は世話やきおばさんがいて、年頃になると縁談を持ってくるのが普通だった。お金なんか、払わなかった。おばさんたちにとって、それは趣味であり、生きがいだったからだ。父と母も、見合い結婚だ。

けれど、まもなく押し寄せたフェミニズムの波が、すべてを変えた。

見合い結婚は、家同士の都合で結びつく旧弊な制度だ。結婚するのもしないのも、個人の自由。選ばれる女ではなく、選ぶ女になれ！

目覚めた女たちの叫び声はあまりにもカッコよく、あっという間に世間一般の価値観をひっくり返した。見合い結婚は恋愛結婚できないダメ女がするというところまで、イ

メージが落ちたのである。

そして、気がついたら、縁結びを趣味とするおばさんがいなくなった。恋愛結婚が当たり前の時代では後を継ぐものもいなくなり、伝統が絶えてしまったのだ。

「わたしも、うちの親がしてくれたみたいに、近所や親戚に、いい人がいたら紹介してくださいなんて、言えないものねえ。この間の同窓会でも、まだ結婚してない、うちもよとかお互いに愚痴るのよ。でも、愚痴止まり。フェミニズムって、結婚したけりゃ本人が婚活しろってことでもあったのかしらねえ」

「ほんとにねえ」

笑い話っぽく受け流しながら、麻美は心底、縁談が勝手にやってきていた時代を羨んだ。

好きな人と結婚したい。だが、好きな人との出会いそのものが、なぜか難しい。昔の人は、それがわかっていた。だから、子供が年頃になったら結婚させるよう、社会全体で動いたのだ。

お見合いだって、好感が持てなければ断っていたはずだ。父と母も、いいと思ったから結婚した。詳しくは聞いてないが、今の二人のそれなりに息が合った様子を見れば、相性がいいのが見て取れる。

わたしももっとガッツリ、婚活しなきゃいけないのかなあ。

それを考えると、憂鬱。三十だし。もうすぐ、三十一。そして、三十五。んで、四十。

ギャー!!


こんな会話をした三日後、落ち込み気味の麻美の前に母が黒いワンピースを差し出した。めったに着ることのない、麻美の喪服だ。

親戚の長老が百三歳で大往生した。その葬式があるという。

母は喪服をヒラヒラさせ、言った。

「これ、チャンスじゃない?」

「チャンスって?」

「なにしろ、長老だからさ。年賀状出すだけの遠い親戚も大集合するのよ。だから、そこに一緒に行って、婚活してみない?」

母の目がキラキラしている。

「そこで、独身の人を探すの?」

「そんなタナボタがあればいいけど、そんなことより、昔ながらの方法を試すのよ。どうせ、親戚同士で挨拶することになるから、そのとき、まだ独身でお相手募集中ですって言うのよ」

「だって、お葬式でしょ」

「百三歳よ。むしろ、おめでたいわよ。あ、でも、麻美が恥ずかしいからやめてって言うなら、やらないわよ。親が出しゃばるのは、わたしも好きじゃないし」

ほんとか？　かなり、張り切っているが。しかし、まあ、チャンスといえば、チャンスだ。親戚からの縁談が当たり前の時代を羨んでいたところだ。この際、それでお願いしてみよう。と勇気を出してみたものの、自意識が出しゃばって、しぶしぶを装った。

「う……ん。まあ、お葬式には行く。会ったことなくても、血縁だもの。行くのが当たり前でしょう。でも、お相手募集中とか、そういうのは、あんまりむき出しにされると」

「わかってるわよ。わたしだって、そういうの苦手だもの。ああいう場所って、結婚してるかどうか訊《き》かれるものだから、そのついでにって感じになるわよ」

母と娘は笑い合った。笑い話にしたかった。人生の一大事なのに、真剣になりすぎるのがきまり悪い。そこらの感覚は、母娘らしく性格が似ているからなのか。それとも、フェミニズム浸透の副作用なのだろうか。

しかし、イエス・キリストも言っている。

叩《たた》けよ、さらば開かれん。

期待半分、期待はずれに対する身構え半分で出かけた葬式で、ひとつの出会いが待っていた。

4

親戚大集合らしく、寺には三百人の参列者が集まった。その八割が、麻美には未知の顔ぶれだった。

火葬場まで同行したのはその半分だったが、それでもかなりの人数だ。

麻美は長い葬儀に消耗しつつも、割り振られたテーブルで一緒になった親戚たちのお茶を入れ替えるなどして働いた。

このときすでに、めぼしい男がいないのはわかっていた。よさげなのはみんな、結婚していた。

どうして、どこに行ってもこうなのだろう。いい男は結婚している。

疲れ切ってしょぼんとしていると、横に誰かが滑り込んできた。

「麻美さんですね」

黒々とした長い髪をひっつめにした中年女だ。痩せて、背が高く、かなりの美人。

麻美を正面から見つめ、ビシッと言った。

「私《わたくし》、漆原克子《うるしばらかつこ》といいます。あなたのお母さんとは又従姉妹《またいとこ》の関係。でも、お目にかかるのは初めてね」

「お母さんに聞きました。まだ、おひとりなんですって?」

「ええ。初めまして」

「え……え」

いきなり、核心を突くか。麻美は戸惑い、なんとなく不愉快になった。

「私はごらんの通りの中年女ですけど、ひとりです。バツイチなんですけど、もう結婚する気はありません。それで、お母さんが、ひとりで生きる女としての心構えを教えてやってほしいって」

え、そんな風に言ったのか。独身を売り込む目論見は、どうなった?

ひとりで生きる気なんんか、ありません!

そう言いたいところだが、実際にそうしている女に面と向かってぶちまけられない。

「あ、はあ」

適当に答えると、克子は口を閉じ、じっと麻美を見つめた。値踏みをされているようで、居心地悪い。

失礼な人ね。麻美は心の中で毒づいた。だが、克子は視線を据えたまま、すぱっと言った。

「私、税理士をしております」

「はあ」

「で、副業として結婚相談所も経営しております」

「……そうなんですか」

つまり、そこに登録しろということか。売り込みするつもりが、逆に売り込まれてしまった。

「で、もし、お気持ちがあれば、仕事を手伝っていただきたいんです」

はい？

「あの、手伝うといいますと」

「簡単な雑用です。でも、麻美さんにその気がなければ、断っていただいていいんです。いかがでしょう」

結婚したいが、結婚相談所で働くのは想定外だ。母は、この展開を知っているのか。意味がわからない。

目を白黒させつつ、「あのう」と返事を保留していると、克子が急に声のトーンを落とし、さらっと言った。

「実を言いますとね。この間までアルバイトとして働いていた女性が寿退社したんです」

「そうなんですか」

「うちに相談にいらした方と、なんです。私も事の成り行きに驚きましたけど、おめでたいことに違いありませんから」

「……そうなんですか」

流れ込んできた情報の整理ができない。ますます混乱する麻美に、克子はさらに顔を寄せ、ささやいた。

「柳の下にドジョウは二匹まではいる、といいますし」

「え？」

麻美は初めて、まじまじと克子を見つめた。この女は、まったく笑わない。ごく真面目な面持ちで、あとを続けた。

「麻美さんは本当に結婚する気があるのかないのか、よくわからないと、お母さんはおっしゃってました。もしかしたら、ひとりで生きていくことになるかもしれない。それが心配だと。それで、私に相談なさったんです」

そうなのか？

願望をむき出しにできない性格だと、話を遠回しにし過ぎて、核心がぼやけてしまう。麻美の物言いも、本音とはほど遠いものになった。

「いい人がいれば、したいと思ってます」

「その程度なんですね」

「え」

「いい人がいれば、というのは、いなければしないということですよね」

「え、ええ」

そうとも言える。が、好きな人と結婚するのが夢に終わるなんて、信じたくない！

麻美の内なる叫びが聞こえたかのように、克子は薄く笑った。

「じゃ、うちでいい人を探せるかもしれません。実家でご両親と同居なら、生活費はあまりかかりませんよね。でしたら、バイトの時給六百円程度でも大丈夫でしょう」

「六百円ですか!?」

結婚どうこうには屈折しても、金額には即座に反応する。麻美は目をむいた。

克子は顎を引き、麻美を見下ろした。

「このオファーを受けたら、情報とお金が同時に入ります。だから、うちはアルバイト募集の広告を出しません。応募が殺到して、大変なことになるから。結婚相談所で働きたいという独身女性は、けっこういるんですよ。ほとんどが一挙両得の下心を隠してます」

「……そうなんですか」

そんなこと、考えたこともない。ただ唖然《あぜん》としていると、はたして克子はこう続けた。

「麻美さんは、そういう打算が働かないタイプですね。見れば、わかります。ですから、声をかけたんです。いい出会いがあれば、私も嬉しいですし。今までお付き合いがなかったとはいえ、血がつながってますしね。それに」

克子は、火葬待合室の正面に飾られた長老の遺影を見やった。

「あのおじいちゃんの大往生が一年前なら、こんな話はしませんでした。前のアルバイトが、まだいましたからね。おじいちゃんが引き合わせた縁のような気がします」

あら、意外。切れ者らしい怜悧《れいり》さと美貌を兼ね備えていながら、こんなことを言うなんて。

「ご縁とか運命とかって、信じてます？」

おずおずと訊くと、克子はこともなげに頷いた。

「信じてますよ」

クールに見えるが、乙女心を笑うような皮肉屋ではないらしい。

それだけでも、麻美の心は動いた。本当に、これはいいご縁なのかもしれない。

骨揚げ終了後、克子はその足で杉浦家に寄った。

両親を前に、克子は自分の事業についてすらすらと説明した。

長く税理士として関わってきた結婚相談所が後継者不在に悩んでいたので、あとを引き継ぐことにした。新社長として、克子は今までとは違うシステムを作りつつあるところで、麻美に働いてもらいたい。

バイト待遇のうえ、時給も安い（どのくらい安いかはスルー）が、休日出勤や残業に応じれば、そのぶんはきちんと支払うし、事業の発展と麻美の仕事ぶりによっては正社員への登用もあり得る――。

「始めたばかりの事業で手探り状態ですし、業界も過当競争で厳しいものですから、あんまり多くを期待されると困るんですけど」

謙虚さは克子の場合、堅実さにつながって見える。

「いやいや。世の中、甘いものじゃないことくらい、麻美も承知しておりますよ」

父はおもねるように、機嫌良く答えた。親戚から来た依頼のうえ、理路整然とした話しぶりに迫力負けしたようだ。

一度、オフィスを見に来てくださいと言われ、麻美は両親の立ち会いのもと、承知した。

5

駅から歩いて五分といえば、不動産屋的には好立地ナンバーワンだ。

克子のオフィスはまさに、駅の北口から徒歩五分の場所にある。

しかし、バスターミナルもビジネス客向けのホテルもショッピングモールも、街の中心部に向かう南側に集中しており、必然的にそちらが駅ビルの正面入口となっている。従って、北口側はもっぱら「駅裏」と呼ばれている。改札を出れば、目に入るのは自転車置き場。ずらりと並んだ自動販売機。昭和の香りが色濃く漂う二階建てのしみったれたビルには、安酒場や定食屋が何軒か入っている。道幅が狭いため、駅前でありながら客待ちのタクシーが見当たらないという寂しさだ。

高度経済成長期には宅地開発も進み、表側に負けないくらい賑《にぎ》わっていたが、その後は発展が止まって古くなる一方。再開発の計画はバブル崩壊で頓挫して以来、一向に前に進まない。そして、平成の世においては「貧乏くさい」と嫌われるB級地域となり果てていた。

麻美も、あえて足を踏み入れたことはなかった。だから、実は気が重かった。

しかし、駅出口の真向かいにあるコンビニが救いになった。

コンビニは、利益を見込めない場所には出店しない。ここはちゃんと、普通に人が往来する普通の町だ。それに、克子が「家賃が安いから、目端の利く人たちが新しいアイデアで何かしようという動きがあるのよ。これからの町よ」と言っていた。偏見は捨てなきゃ。

それに、「これから」って、いい言葉じゃないの。

わたしの人生だって、これからなのよ。などと、麻美は自分に言い聞かせた。

目指す住所にあったのは、四階建てのビルだった。全体にすすけて見える。築三十年はゆうに超えているだろう。

一階は駐車スペースで、バンとハイブリッド車が一台ずつ入っていた。奥に年季の入ったママチャリが一台立てかけてある。

壁に三つの古ぼけたポストボックスがあり、それぞれ『漆原税理士事務所』『漆原清《せい》三《ぞう》』『漆原克子』とネームプレートがついている。その横にピカピカの新品ポストが。ひとつだけ英字表記のその名も『Shin-Kon』が、結婚相談所に違いない。ベタなネーミングだが英字だけに、何も知らずに表記だけを見て、すぐに新婚と結びつける人はいないだろう。

婚活が流行語になる時代になっても、結婚相談所は日陰の存在なのだ。大手業者でも、ネーミングはかなり遠回しだものね。

それに、これなら税理士事務所のほうに用があって来た、みたいな顔を繕える。麻美も、誰が見ているわけでもないのに、「税理士事務所は二階ね」などと口に出して、階段を上った。

二階に上がると、廊下の手前に『漆原税理士事務所』のプレートがついたスチールのドアがある。そのドアの真ん中に、『Shin-Konはこちら』の流麗な手書き文字と赤い矢印が目立つ貼り紙が。

そして、指されたドアには、白地にピンクで『Shin-Kon』と刷り込まれたアクリル板がついていた。

ひとつ息を整え、ノックしようとしたドアが、向こうから開いた。

ぎょっとして見ると、克子がそこにいた。

黒いスーツに白いシャツブラウス。ひっつめた黒髪。葬式で会ったときと、まるで同じだ。

「いらっしゃい。時間通りね」

片方の口角が少し上がった。微笑《ほほえ》んだらしい。

「どうぞ、入って」

「お邪魔します」

麻美は頭を下げて、中に入った。

ピンクのバラとかすみ草を盛った花瓶と内線電話、そして純白のパンフレットらしき印刷物を載せた受付カウンターがあり、紺のスーツにスカイブルーのネクタイを締めた男が立っていた。最初から、笑顔全開である。

「いらっしゃい。スタッフの都丸《みやこまる》です」

中肉中背。オールバックにした髪がテカテカ光っている。白い歯が目立つ、あまりにもできすぎの笑顔がテレビショッピングで売り込みをするデモンストレーターみたいで、若いのか中年なのか、わからない。

「彼は、わたしの妹の夫でね。結婚の相談相手には男性の視点も必要だから、来てもらってるの」

克子の言葉遣いは、すでにくだけている。だが、温かみはない。目上だから当然といわんばかりの威厳があるだけだ。

逆に都丸は、最初から馴《な》れ馴れしい。

「一応、結婚の成功者という点も、僕のポイント」

「そうなんですか」

愛想笑いを返す麻美の背中を、克子がぐいと押して前に進ませた。

受付カウンターとパーティションで仕切られた裏側は廊下だ。天井の蛍光灯が消されていて、薄暗い。

克子は立ち止まって、とっつきの木製ドアを指さした。

「あそこが相談室。わたしの執務室でもあるから、社内的には所長室と呼ばれてる。で、こっちが事務室」

左側のスチールドアを開け、麻美を招じ入れた。

中央部に四つのデスクが向かい合わせにしてあり、それぞれに型式の違うデスクトップパソコンと分厚くふくらんだファイルの山がある。

手前の二つはあいており、奥の二つでそれぞれ二人の男がパソコンにとりついて、今しも作業に集中している模様だ。

「ちょっと、紹介させて」

克子に声をかけられ、一人は顔をあげ、一人は立ち上がった。

顔をあげたほうは、前髪がうっとうしく目の上にかぶさるニキビ面のガキだ。

「彼がウェブ関係担当の佐川啓太《さがわけいた》くん」

「佐川っす。どーも」

ガキはひょこんと顎を突き出し、すぐにパソコンに目を戻した。

しかし、こんなのはどうでもいい。

麻美の心は、もう一人のほうに撃ち抜かれていた。

長身。肩幅ガッチリ。胸板きっちり。男っぽい目鼻立ち。誰かに似てる。誰？ あの人よ。えと、サッカーの、日本代表の、ゴールキーパーの、すごく頼もしい感じの、あの人よ。名前。名前はえっと、思い出せないけど、彼よ。

と思った途端、男の顔は麻美の脳内で、たくましきゴールキーパーをさらに五割増しで美化したイメージでインプットされた。

しかも、初対面だというのに、座ったままでまともな挨拶ひとつできないガキと違い、この男はすぐに立って、照れくさそうな笑顔を浮かべている。ああ、たくましいゴールキーパーに笑いかけられちゃった――。

「この人は緑川《みどりかわ》くん。緑川くん、こちら、杉浦麻美さん。うちで働いてくれるかもしれないの」

「あ、どうも。緑川です」

会釈する緑川にお辞儀を返しながら、麻美は彼の左手を目で探った。指輪を確かめるためだ。

ところが、彼は軍手をはめていた。

なんで、軍手？

と訝《いぶか》る鼻先で彼は腰をかがめ、起き直ったときには道具箱をさげていた。そして、

「じゃ、設置すみましたから」と克子に告げるや、麻美の横をすり抜けていく。

あー、行っちゃうの？

「はい。ご苦労さま」

克子は答え、首だけ振り向けて、出ていく背中を見送った。そして、すっと麻美に視線を戻した。

「あの人は、出入りの電器屋さん」

そんな、ここのスタッフじゃなかったのね……ガッカリ。

落胆して目を伏せた麻美の肩に手を添えて、克子は「じゃ、所長室で話しましょう

か」と促した。

所長室には、窓を背にして古めかしくも重々しいデスクと肘掛け付きチェア、その後方の壁際に黒いミニ冷蔵庫、中央部に花模様のソファとガラステーブルがあった。テーブルの上に、受付カウンターに置かれていたのと同じパンフレット。ペンダント型の照明器具が節電のためかオフになっており、室内は薄暗いのだが、純白の上質紙に朱筆で大書した『真婚』という文字は読み取れる。

真婚？

戸惑いながらソファに座ると、丸顔の六十はとうに過ぎているとおぼしきおばさんがトレイを捧《ささ》げ持って、やってきた。

「こちらは東田《ひがしだ》敏江《としえ》さん。縁結びのベテランなのよ。前の会社の実績ナンバーワンでね。引き続き、働いてもらってるの」

「わたし、この仕事が生きがいなもんですから、所長に拾っていただいて感謝してるんですよ」

おばさんはニコニコと克子に頭を下げ、ついで麻美に小首を傾《かし》げてみせた。

「このどら焼き、今日のために買ってきたの。召し上がってね。じゃ、どうぞ、ごゆっくり」

「あ、はい。ありがとうございます」

腰を浮かせてお辞儀をした麻美が座り直すと同時に、広げたパンフレットが差し出されていた。純白の上質紙だが写真もイラストもなく、文字が印刷されているだけだ。

「ここ、ささっと目を通して」

克子は言い放ち、どこから取り出したのか、スマートフォンを操作し始めた。

『真婚』。それは、真実のよき結婚に、真剣にあなたを導く、真心のパートナーです。

他の結婚仲介業者でいい結果を得られなかった方。

どうしても結婚したいのに、できないと悩んでいる方。

過去の恋愛や結婚の失敗で、自信を失っている方。

なんらかの事情で、結婚をあきらめている方。

『真婚』は、このような方々に徹底した個別対応で真実の伴侶と結ばれていただくことを目的としております。

結婚したいのに、できない。それは運が悪いからではありません。あなたに、原因があります。その原因を究明し、障害を取り除き、結婚に導くのが、私どもの仕事です。

個人情報は厳守します。お問い合わせはまず、お電話で。

これって……。

どう判断すればいいのやら、戸惑うだけの麻美に構わず、克子はスマートフォンの操作を中断し、右手を伸ばしてパンフレットをパタンと閉じた。そして、表紙の朱書きを指さした。

「『真婚』。これが正式の社名よ。真実の結婚という意味を込めて、わたしが作った言葉。わたしはね、ここにあるように結婚に失敗した人や、どうしても婚活がうまくいかなくて苦しんでいる人に特化した、従来型とは違う事業をやるつもりなのよ。で、働いてくれるかどうか、今、返事をちょうだい」

Shin-Kon は「新婚」じゃなくて「真婚」だったのか。いや、そんなことより、この高飛車な態度はなんなんだ。

両親と共に話を聞いたときは、もっと感じがよかった。それに、すぐに返事がいるみたいなことは一言も言わなかった。

「派遣で行っている会社から契約の更新を打診されてるんです。あと三カ月ですけど。わたしご指名で是非にと言ってくれてますし」

時給六百円に落ちるのは、そのあとでもいいでしょう。そんな気分だったが、克子はソファにふんぞり返って「じゃ、この話はなしにして」と言うではないか。

「他にやりたがってる子がいるのよ。親戚だから、あなたを優先しようと思ったんだけど、三カ月も待てないわ」

麻美はムッとした。時給六百円で、ここまで威張られちゃ、たまらない。せめて、「お願い」くらい、言え！

「でも、この間、家にいらしたときは、そんなことは」

言ってなかったと克子のミスを突き、三カ月待ちを引き出そうとした途端、克子が遮った。

「緑川くんも、まだ独身なのよね」

麻美の耳がそばだった。これはもう、本能のしわざである。

克子はリラックスした姿勢になり、スマートフォンに指を走らせながら、続けた。

「ご近所で、昔からのお付き合いだから、電気関係のことは、いつも頼んでるんだけどね。用事がなくてもしょっちゅう来て、お茶飲んでしゃべってたりするのよ。寂しいのかもしれないわね」

「……………」

明らかに、餌を投げられた。

うーむ。

よく考えろ、麻美。内心の声がする。見た目に惹《ひ》かれて失敗しただろ？　あの経験から学んだはずじゃなかったか？

いや。あれは恋だった。恋は止められない。

しかし、今度はどんな男か、じっくり観察する余裕があるじゃない？

町の電器屋は淘汰《とうた》される一方の昨今だが、技術があるなら生き残る道はある。大体、サラリーマンの家に生まれ、サラリーマン社会しか知らなかったせいか、自営業者というのが選択肢になかった。合コンでも、ジャンルが違いすぎるのか、会ったことがなかったし。

そもそも、あの鮫島がつかのま見せた夢は、セレクトショップ、つまりは自営業者だ。すっかり忘れていた。自営業者、ＯＫ。どころか、大歓迎。

なんてことが、ゴチャゴチャ頭を巡った。巡って、回って、思考能力は行方不明。あれよあれよという間に、本能が餌に食いついてしまった。

「わかりました。わたしでよければ、お世話になります」

「そう。よかった」

克子はスマートフォンを操作する手を休めず、あっさり言った。

「じゃ、来週月曜日から来てね」

「あの、でも、会社の規定で、そうすぐには」

「派遣でしょ。できないわけないわ。急に具合が悪くなったとか親が倒れたとか、いくらでも言いようがあるでしょう」

克子は言い捨て、相変わらずスマートフォンに集中したまま、立ち上がった。

「九時始まりだけど、八時半には来てちょうだい。遅れないでね。てことで、わたし、仕事があるから失礼するわ」

そして、あっという間に部屋を出ていった。

麻美は取り残され、起きたことを頭の中で再生してみた。

克子のいいようにされたような気がする。

時給六百円。独身の緑川。結婚したいのにできないヘタレのための相談所。そこでバイトして、独身男の情報を横取りして（とは言わなかったが、そうに違いない）寿退社した前任者。緑川。緑川。やっぱり、緑川。そこで、思考停止。

麻美は無意識にどら焼きを手に取り、頬張った。

これは落とし穴なのか？

それとも、本当の幸せへの第一歩なのか？

ともあれ、ビジネス・ゴーズ・オン。

2　何様のおつもり？

1

好きな人と結婚する。

それは乙女の夢。いや、乙女だけでなく、たいがいの人間の夢、というより望みだろう。

四十二歳。身長百六十センチ。体重七十二キロ。妙にフサフサしているところがフェイクっぽい前髪。鼻の頭が上を向き、ちんまりした目、頬から顎まで吹き出物の跡でデコボコしたデブ特有の顔立ちを微妙にうつむけて、チラチラと上目遣いでこちらをうかがうこの男も、好きな人と結婚したいと思っているのだろう。

そして、麻美を「このコなら、今すぐいただきます」と思っている。

長年の合コン成功経験を持ち出すまでもなく、麻美には男の気持ちが透けて見える。

男はわかりやすい。

鮫島には失望させられたが、あれは麻美に見る目がなかったわけではなく、彼が借金苦のあまり行方をくらますという展開を読めなかっただけのことだ。

彼は麻美を愛していた。ただ、弱い男だった。弱さゆえ、嘘《うそ》をつき、自分も他人もごまかして——あんな結果になってしまった。

麻美も学んだ。

結婚は好きな人としたい。だが、相手にちゃんとした家庭を作る能力がなければ、見限らなければならない。いくら好きでも。いくら素敵な男でも……。

ジョニー・デップ似というのが、そもそもいけない。ジョニー・デップに普通の家庭生活が似合うか？

ダメでしょう。

その点、緑川ならね。

サッカーのゴールキーパー。そのイメージ。色気はないが、フィジカルとメンタルの強さを兼ね備え、たくましくて、まっすぐで、頼りがいがあって、決断力と勇気に溢《あふ》れていて、子供ができたらいいパパになりそう。

ムッフッフ。想像しただけで、よだれ出ちゃう。

「——なんですよ。あの、よかったら、家にコレクションがありますから、見に来ませんか？」

向かいのデブに夢想を破られ、麻美ははっとして目の焦点を彼に合わせた。

その顔からはいつのまにか、先ほどまでの弱気が消え去っている。

まずい。緑川を思い出してニヤけてしまったのを、自分への微笑みと受け取ったらしい。

えっと、なんだっけ。

ホテルのティーラウンジで向かい合い、趣味の話になったとき、この男がアニメのフィギュアを集めているると、おずおずと打ち明けたのだった。

「あの、気持ち悪いオタクだとよく誤解されるんですが、僕のはロボットアニメ系で、ロリコンとか、そういうのじゃありませんから」と、ヘドモドしながらつけ加えたところを見ると、フィギュア収集がマイナスポイントであると誰かに教えられたのだろう。

ところが、麻美がつい「ロボットって、ガンダムとかマジンガーZとかですか？」と、にこやかに受けたものだから、そこから語り込みが始まった。

麻美はロボットアニメなんぞには、まったく興味がない。ただ、今まで付き合ってきた男たちにマニアが数人いたおかげで、ガンダム、マジンガーZといった名称を聞きかじっただけのことだ。くわしいことはなんにも知らないし、知りたくもない。

なので、麻美は聞いているふりだけして頭では別のことを考えるという、女の得意技でやり過ごしていたのだった。

ところがうっかり、結婚↓好きな人↓鮫島↓緑川と連想が働いて、本気でそっちに浸ってしまい、結果、デブの四十男の勘違いを招いてしまった。

出会った当初は緊張のあまり、唇をなめてばかりいた男が、今や、麻美を自宅に引きずり込めるという期待で身を乗り出している。

やだあ。気持ち悪い。

麻美は目をパチパチさせて、ヘニャッと笑顔を作り直した。

「いいえ。今日はお会いするだけの予定ですので」

「そうですかぁ？」

男はものすごく残念そうに鼻を鳴らした。

「じゃあ、この次は是非」

「え、ええ、そうですね」

「いつなら、いいですか」

男はスーツのポケットから、スマホを取り出した。

「あの、今、いつと言われても」

「携帯の番号、教えてもらえますか」

デブった腹でテーブルごと前進してくるような、怒濤《どとう》のがぶり寄りである。

麻美は本能的に身を引いて、両手を左右にヒラヒラさせるという穏健な「ノー」のボディランゲージを使った。

「いえ、それは」

「じゃ、僕の番号とアドレス教えますから」

なおも迫る男の肩を、誰かが上から押さえつけた。

黒いスーツを着た漆原克子である。

あー、よかった。やっと来てくれた。あと三秒遅かったら、立ち上がって逃げ出すところだった。

「入江《いりえ》様。それはいけません」

克子はポカンとする男を見下ろし、冷たい口調で言った。

「初対面でそこまで走ったら、アウトです」

「アウト？」

入江雄高《ゆたか》と名前だけはハンサムな男は、不快そうにオウム返しをした。

「そうです」

克子は頷き、伝票をさっとつかんだ。そして、続けた。

「ここではお話ししづらいことがありますから、今から事務所までお越しください」

「なんなんだよ」

男は気色《けしき》ばんだが、克子が「彼女も来ますから」と言うと、ふっと怒気を収めて、麻美を見返った。

麻美は第二の本能である作り笑いを浮かべて、頷いた。

2

振り返れば、こんなことになるとはつゆ知らず出向いた、『真婚』でのバイト初日。克子に指定された八時半の五分前に事務所のドアを開けると、埃《ほこり》っぽいムッとした空気にハンバーガーとコーヒーの匂いが混じっているのがわかった。受付カウンターはまだ暗いが、パーティションの向こうには照明がついており、くぐもった話し声が聞こえる。

もう、誰かが出社しているようだ。

「おはようございます」と声をかけながら、パーティションの後ろに回った。廊下の蛍光灯は消えたままだが、ドアを開け放した事務室の照明で足元は暗くない。

事務室に入ると、ダスターでぱぱっとデスクまわりの埃を払っている大きなお尻に出くわした。察するに、東田敏江というおばさんだ。

入口での挨拶には反応がなかった。聞こえなかったわけはないと思うのだが、一応、真後ろからもう一度「おはようございます」と声をかけた。

敏江はぱっと振り向き、「あーら、お早いのね。張り切ってるのねえ。えらいわ」

ニコニコとお世辞を言う横から、デスクに直接腰掛けた佐川啓太がニキビ面をのぞかせ、朝っぱらから「お疲れっす」と言葉を発した。

口一杯に詰め込んだハンバーガーのケチャップが唇の端につき、目には目ヤニだ。真下の床になぜか、ぼろきれが――と見ると、薄い布団と毛布だった。徹夜仕事でもしたのだろうか。いや、待て。布団の下にマットレスのごとく敷き詰めてあるのは、大量の漫画雑誌ではないか。

麻美がそれに目を留めたのに気付いた敏江が、「この人、ここに寝泊まりしてるのよ」とニコニコ説明した。

「そんなに仕事、忙しいんですか?」

家に帰れないほどの忙しさなのか? それはいいような、悪いような……。あるいは彼も時給六百円の身の上で、少しでも多く稼ぐために残業しているのかもしれない。

「そうじゃなくて、この人、ホームレスなのよ。克子さんの温情でいさせてやってるんだけど、身ぎれいにはしてなくちゃいけないのよね。だから、近くのネットカフェでシャワー浴びて、きちんと洗濯したものを着るように言われてるの。そうしないと、追い出されちゃうから。わたしたちも、そこらは見逃さないよう監視しなきゃいけないのよ。だから、あなたも見苦しいな、臭いなと思ったら、遠慮せずに苦情を言っていいのよ」

言いますとも!!

麻美は唇を歪《ゆが》め、「目ヤニ、ついてますよ。歯も磨いてください」と、厳しく指摘した。

好みでない男に振りまく愛想なんぞ、これっぽっちもない。

「まだ起きたばっかっすもん。これ食べたら、やりますから、オッケーっす」

佐川は右手の親指と人差し指を丸めて見せたが、ハンバーガーを頬張ったまま歯をむき出しにして笑うので、生ゴミディスポーザーのごとき口内から肉とパンのかたまりがこぼれ落ちるのまで見えた。

なんということだ。麻美は口を押さえて、目をそむけた。

「大丈夫よ。ここ、掃除して、消臭剤も使うから。克子さんがうるさいからね」

なんて気休めをいくら言われても、この男への不快感は永遠に消えない。

それでも、そこは社会人。嫌悪感を隠しつつ、「わたしは、どこにいればいいんでしょうか」と殊勝っぽく、訊いてみた。

「そうねえ」

敏江はざっと事務室内を見回した。

「ま、そこらにいてちょうだい。克子さんに呼ばれたら、所長室でも仕事することになるし」

所長室。自分の居場所はそこではないか。そうあってほしいと願いつつ、「じゃあ、わたしは克子さんに初日の挨拶をしたいんで、所長室に行っててもいいですね」と、先手を打った。

「それはダメよ」

敏江は、にこやかに突き放した。

「ここでは、何もかも克子さんの意向が優先なの。それから、克子さんのことは所長と呼んでね」

でも、自分は「克子さん」と呼んでいるではないか。この人は事務所では先輩で、麻美は新人だから、格差があるのは仕方ないかもしれないが。

麻美は下を向いて、かすかに唇を尖《とが》らせた。

一方、敏江は椅子のキャスターをすべらせて、まだデスクに座ったままの佐川の正面で止めた。

「とりあえず、ここに座って、うちのシステムを佐川くんに教えてもらって。わたしは掃除とか、いろいろ雑用があるから、これで失礼。わからないことがあったら、佐川くんに訊けばいいから」

いそいそと、事務室の外に出る。

「あの、掃除ならわたしが」とあわてて声をかけたが、「いいのよー」と歌うような返事が廊下から返ってきただけだ。

こんな汚い男のそばにいたくない。麻美は差し出された椅子を無視し、対角線上の端に当たるデスクの椅子に腰をおろした。

椅子はすでに敏江がダスターを掛けた後らしく、まあまあ、きれいというか、目立って汚れてはいないようだ。ただし、経年劣化は目立つ。そこに置かれたクッションもカバーが色あせ、何かをこぼした跡らしきシミが地模様の花柄と重なり合っている。

就職前の下見で案内されたときは、じろじろ観察する心の余裕がなくて見逃したが、この部屋の什器《じゅうき》備品はすべて古ぼけている。

なんだか、大型ゴミ置き場から拾ってきたみたい。

落ち込む麻美の目の前に、ひゅっと空気を切ってファイルが飛んできた。

「システム、それ読めば、オッケーっす」

佐川は右手を伸ばして、ファイルを示した。

それだけならいいのだが、その右手にはつぶしたコーヒーの紙パックが握られており、麻美の方向に腕を振った拍子に飛沫《しぶき》をそこら中に振りまいた。

反射的に顔をそむけ、麻美は「ちょっと！」と怒りの声をあげた。

「あ、すんません。てことで、俺、シャワー浴びてきますんで、あと、よろしく」

佐川はデスクから飛び降りるや、その足で布団と毛布を蹴飛ばし、さらにグリグリと壁際に押しつけた。そして、リュックをつかむと出ていった。

あー、もう。

ここはコーヒーでも飲んで落ち着かねば。

事務室の隅っこに安物のコーナーテーブルがあり、電気ポットとインスタントコーヒーと緑茶のティーバッグがある。飲み物は敏江の私物らしく、ティーバッグのひとつひとつにまで東田の捺印《なついん》がある。湯飲みやカップは持参するよう指示されていたが、まさかここまでとは。

麻美はマイカップにちょいと失敬したインスタントコーヒーを入れた。明日は自前のを、デスクの引き出しに隠しておこう。

コーヒーを飲んで落ち着いてはみたものの、することがない。とりあえず、トイレでお化粧直し。

トイレはフロア共用のものが、外廊下の突き当たりにある。シャワートイレと洗面台のユニットだが、狭くて暗い。こんなところで化粧直しはしたくないなあ、どうしようなどと考えながら廊下を戻ると、三階への階段が目に入った。

この上は、どうなってるんだろう。ごく自然な好奇心から三階への階段に足をかけたところで、一階から誰かが駆け上がってくる足音が聞こえた。あわてて踊り場に戻ったところで、足音の主とぶつかりそうになった。

オールバックのヘアスタイルにポロシャツ、チノパンの都丸、克子の妹の亭主という男だ。右手の指先でBMWのキーホルダーをクルクル回している。

「お、マナミちゃん、おはよう」

「アサミです」

訂正すると、「あれ、そう言わなかった？」と、平気でそらっとぼけた。

当惑する麻美の横をすり抜けて、すいっと事務所内に入ると同時に「まあ、いつになく早いお出ましですこと」と、敏江の華やいだ声が聞こえた。

え!?

どこにいたの？

麻美も急いで中に入ると、敏江は受付カウンターの前で都丸と向かい合って立っていた。そして、麻美に話しかけた。

「この人ねえ、いつもは重役出勤で、お昼近くになってやっと現れるのよ。若い女の子が来るとなると、違うわねえ」

都丸を軽く睨《にら》むが、口元は笑っている。

若い女の子と言われたのが単純に嬉しくて、麻美は本能的にニンマリした。しかし、すぐに理性が働いた。都丸に見込まれるのは、まったく嬉しくない。

「あの、お茶をいれるとかのご用は、どうしたらいいんでしょうか」

都丸を無視して敏江に問いかけたのだが、それに都丸が「いいねえ」と反応した。

「お茶をいれるとかのご用はどうしたら」

なよなよした仕草をまじえて口真似《くちまね》をし、感に堪えないという風に白い歯を見せた。

「男が夢見る、ハシタメの物腰だよねえ」

「あなたったら、また、そんなこと言って」

敏江が都丸の肩をはたいた。

「見なさい。困ってるじゃない。ねえ」

ねえと言われても——。麻美は曖昧に首を傾げて、ごまかし笑いを浮かべた。

「一に人妻、二にハシタメ。そそる女ってことだから、いいじゃない」

都丸はガハガハ笑う。

そそる女？　ハシタメって、売春婦のことかしら。どっちにしても、その類だ。麻美はようやく、ムッとした。

でも、言うべき文句を思いつかない。初日から、上司を怒鳴りつけるわけにもいかないし……。

せめて、敏江が叱りつけてくれるのを期待するしかないが、「ほんとにもう、この人は」と責めているのは口だけで、敏江の表情はニヤニヤとほどけているのだ。

このおばさんは、このイヤらしい中年男に気があるのか？

なんという環境なのだ、ここは。

麻美は泣きそうになった。そこに天から声が降ってきた。

「わたしの事務所で、そういうセクハラ発言はしないでほしいわね」

まるで、後ろの暗がりから滲《にじ》み出たように、黒いスーツに黒いひっつめ髪の克子がいた。

都丸は首をすくめ、「冗談ですよ」とありがちな逃げ口上を言った。

「冗談でも、わたしは許しません。罰金五千円、給料から天引きしますから、そのつもりで」

「また、そんな」

含み笑いで抗議する都丸を、克子はもはや無視している。痛快で麻美はニッコリしたが、今や、克子のほうに寄り添って「わたしも注意したんですけど」と、非難の目つきで都丸を見る敏江も不愉快だ。

このおばさんのことも叱ってほしいと思ったが、克子は麻美をまっすぐ見て「あなたにはわたしから業務の説明をしますから、所長室に来てちょうだい」と言うや、踵《きびす》を返した。

初日から、疲れることばかり。

麻美が力なく所長室のソファに座ると、克子は無言で左横の壁にかけられたタペストリーをめくった。そして、消えた。

え？

驚いて凝視していると、またそこから出てきた。片手にコーヒーポット、もう一方の手の指先に『I♥NY』の文字が赤でプリントされた黒いマグカップをぶら下げている。

わ、ダサ――。

思わず笑いそうになるのを、こらえた。

「この後ろに引き戸があるの。税理士事務所との境目よ」

克子はマグカップにコーヒーを注ぎながら、説明した。

「勝手に出入りしないでね」

高圧的に命令され、麻美はムッとした。

「そんなこと、しません」

「そうかしら」

克子はコーヒーを吹いて冷ましながら、さらりと言った。

「あんな風に隠してあると、見たくなるのが普通でしょ。まあ、わたしの不在中はロックしてあるから、入れないけど。それに何かの拍子に入れたとしても、書類が山積みになってるだけよ。宝石もマリファナも死体もない」

「ですから、わたしはのぞき見なんか、しません」

ムキになって、言い返してしまった。本当は、のぞいてみたい。その下心を見透かされた気まずさを払拭すべく、話題を変えてみた。

「あの、さっきの都丸さんのセクハラ発言ですけど」

「一に人妻、二に婢《はしため》」

克子は即座に繰り返した。

「正しくは、一盗二婢三妾四妓五妻《いっとうにひさんしょうしぎごさい》。男のスケベ心が一番燃えるのは、人の妻を寝取ること。その次が下働きの女に手を出す。三番目が愛人。四番目が娼婦《しょうふ》。五番目に妻。江戸時代に言われてたことらしいわ。こんな戯《ざ》れ言《ごと》が生まれた時代には、下働きの女を家の主人や息子がレイプしても、お咎《とが》めなしだったんでしょうけどね」

ちょっとした蘊蓄《うんちく》に、すぐにはついていけなかった麻美だが、時間差で意味がわかると猛烈に腹が立った。

「ひどい！」

「だから、罰金五千円よ。ちょっとした軽口でも、セクハラ発言で罰金とれるようになったんだから、いい時代になったわね」

本当にそうだ。セクハラに対する罰は、なんといっても賠償金を支払わせることだ。都丸のいかにも軽い感じからすると、これからもちょいちょい、あの手のことを言いそうだ。

「また、あんなこと言われたら、罰金とっていいんですね」

張り切って訊くと、克子は首を振った。

「あなたには、その権限はないわ。わたしにチクってもダメよ。証拠がなければ、いくらでも逃げられるもの。今度言われたら、自分で言い返しなさい」

「はあ……」

罰金五千円が、一番効くんだけどな。

「言っておくけど、都丸は口より手癖が悪いから、そっちのほうに気をつけて」

「手癖って、ナンパ師ってことですか。だったら、大丈夫ですよ」

麻美は嗤《わら》った。

「全然、タイプじゃないですもん」

「そっちじゃなくて、こっちよ」

克子は右手の人差し指を立てて、くいっと丸めた。

「彼、ギャンブル依存症で自己破産してるの。事務所に来るときは現金をできるだけ少なめにして、財布を肌身離さず持ってなさい」

「そんな」

麻美は絶句した。

「そんな人雇ってて、大丈夫なんですか？」

「事務所には金目のものはないし、何か問題を起こしたときのために、妹と都丸の実家から一筆とってあるから」

克子は平然と答えた。

「でも、それは会社やわたしの資産に関してだけだから、スタッフは自衛してね。まあ、大きな悪さはできない小心者だから、バッグをいつも手元に置いておくくらいの用心で大丈夫よ」

そんなことを言われても、安心できない。一体、ここはどういう場所なんだ⁉

自己破産したセクハラ男と、得体の知れないおばさんと、それから。

「あの、佐川さんですけど」

「ええ」

「ホームレスって、ほんとですか」

「ちゃんと家があるわよ。でも、引きこもりで親御さんが持て余しててね。どうせ引きこもるなら、うちで二十四時間、得意なパソコン仕事してもらったほうが本人のためにもなると思って、預かってるのよ」

それは人助けよね。この人、意外といい人なのかも……。

「わたしもお人好《ひとよ》しだわ。あれで、あなたと同じ、時給七二〇円を支給してるんだから」

あら？

「でも、この間、六百円って」

「それだと、最低賃金の基準に抵触する可能性があるから」

克子はカップを両手で抱え、無念でならないという顔で宙を見据えた。

「ほんと、法律って、変えなきゃいけない条項が他にゴロゴロしてるのに、お金のことに関しちゃコロコロ変わるんだから、困ったものだわ」

六百円ではないことで思わず喜んでしまった麻美だが、七二〇円でも激安だ。一日も早く結婚して、脱出しなければ。

「で、わたしの仕事ですけど」

「そうね。まずはしばらく研修期間として、うちのシステム、というより、考え方をわたしから直接教えるわ。とりあえず、この土曜日に働いてもらいたいんだけど」

「週末にですか？」

「ええ。それが、あなたのメインの仕事になるはずよ」

「メインって」

克子は立ち上がり、自分のデスクの引き出しからノートパソコンを取り出した。操作して、画面をクルリと麻美に向ける。と、そこには麻美自身の笑顔の写真が。

麻美はあんぐり、口を開けた。

ヘアスタイルと服装からすると、写真は二年前のものだ。リラックスして笑っているからスナップ写真に違いないが、背景がブルー処理されているので、どこで撮影したものか、思い出せない。

いつのまに？　どうやって？

麻美の疑惑と当惑を読み取った克子が、言った。

「あなたのお母さんに借りたのよ。不正に入手したものじゃないわ」

堂々としたものだが、それにしても麻美には何のことわりもなかった。

しかも、それは『真婚』のホームページで、どうやら会員にのみ公開される登録者プロフィールのようだ。母は、写真がこんな形で使用されていると知っているのだろうか。

不穏な胸の高鳴りを抑えて、写真の横のプロフィールに目を走らせた。

登録番号527

佐々木《ささき》瞳《ひとみ》。二十八歳。保育士。趣味は料理。子供と動物が大好き。平凡でも心穏やかな生活が幸せと思っています——。

3

「これ、どういうことですか!?」

我知らず、麻美の声は尖った。

「あなたのプロフィールよ」

克子はびくともしない。

「だって、年も仕事も違うし、名前も違う。大嘘じゃないですか」

「本名出したら、まずいでしょう。これは、独身男が食いつく要素を詰め込んだ架空の人物なんだもの。あなたの顔を借りただけ。で、あなたはこの人物として、申込者とお見合いデートをする」

「それ、つまり、わたしはサクラとして雇われたってことですか？」

「違うわよ。サクラなら、顔だけあればいい。でも、この仕事は頭を使わなきゃいけない」

「頭を使う？」

「そうよ。あなたはデートのふりをして、申込者を観察するの。そして、評価のポイントを洗い出す資料を作る」

「でも、ふりをするってことはやっぱり、だましじゃないですか」

「だますんじゃありません。三十にもなって、キンキン声を出さないでちょうだい」

気色ばむ麻美に心底ウンザリしたという面持ちで、克子はため息をついた。

「これは、申込者のコミュニケーション能力を測るためのテストです。でも、最初からテストだとわかったら、身構えちゃうでしょう。それでは意味がない。いつもの状態での改善点を洗い出して、次のお見合いデートをうまくいかせ、ひいては結婚に結びつけられるように指導する。それがうちのやり方だってことを、あとでちゃんと説明するもの。だますというのとは、全然違います。ここまで実戦的なサービスをするところは、他にないわよ」

いかにも正しげだが、でも、そんな、こんな——。

「このプロフィール、あんまり違うから、突っ込んだ話されたら、嘘だってバレちゃいますよ」

「それくらい、なんとでもごまかせるでしょう」

口は「えー!?」の形に開いたが、声が出ない。克子は「それに」と、あとを続けた。

「そのまんまのあなたじゃ、申し込みをさせる魅力がなさ過ぎ。三十過ぎで派遣社員。これで申し込みが来るのは、五十過ぎがせいぜい。それじゃ、困るのよ。うちのターゲットは四十代からなんだから」

「まだ三十過ぎてません！」

思わず、断固抗議したが「三十歳を一日でも過ぎてりゃ、三十過ぎのカテゴリーに入るの。現実をちゃんと見なさい」

軽くいなされて、心ならずも合コンであぶれるようになった状況を思い返した。

「………」

しょげる麻美に克子は「大丈夫よ」と優しげに言うが、「大丈夫」を保証する事柄は麻美の傷心には何の関係もなかった。

「うちのようなできたての小さな結婚相談所に来るような人たちは、さんざん婚活してうまくいかなかったダメのかたまりみたいな連中よ。あなたの嘘やごまかしを見破るような勘のよさはゼロと言っていい。だから、その点は安心して」

「でも」

とっさにその場をごまかす嘘をつくのならまだしも、最初から嘘で固めるのは自信がない。もごもごとそれを伝えると、克子は「その点も、大丈夫」と請け合った。

「テストデートの場に、あなたを一人で行かせることはないわ。わたしか、でなければスタッフの誰かがそばにいる」

「でも」

どう反論すればいいのかわからないが、とにかく、納得できない。

「だって」

不服を示すだけの言葉でいじいじする口を、克子が封じた。

「といっても、こんなこと、そうしょっちゅうあるわけじゃないのよ。申し込みが全然来ないってこともあるんだから」

「………」

それは、ちょっと――。

ムッとしてしまった。すると、すかさず「でも、あなたの場合は、載せたらすぐに申し込みがあったのよ。おめでとう」

おめでとうって。

「どう？　テストデート行ってくれる？」

「………」

素直に「はい」と言えないのは、どうしても釈然としないからだ。

それならそうと、働くと決める前に全部説明してほしかった。これでは、だまし討ちではないか。会社のスタッフだって、みんな、一癖あり過ぎだし。

だが、ここで「話が違う」と席を蹴っても、再就職ができるだろうか。正社員はまず無理だし、パートやバイトにしても、いい仕事があるかどうか。それに、いい仕事って、なんなんだよ。何にも思い浮かばない。一番したいことは結婚なんだもの。

あー、先行き真っ暗。

うつむくと、涙が出そうになった。その様子をじっと見ていた克子が、テーブル越しに腕を伸ばして麻美の肩に触れた。

「ねえ、わたしがあなたをこの仕事に引き入れた一番の理由は、あなたに願いを叶えてほしいからなのよ。結婚したいんでしょ？」

「……ええ」

「なら、テストデートは、あなたを結婚に導く助けになるはずよ」

優しくも力強い言葉に、麻美は顔をあげた。

「嘘をつくのが、ですか？」

「そうじゃない」

克子は首を振り、麻美の目を見つめた。

「愛される自分になるとはどういうことか、わかるようになるわ」

意味がわからない。疑問と不満の混じった目を向けると、克子がすっと言った。

「今、電気関係のことで事務室に緑川くんが来てるはずなのよ。ちょっと行って、もう少し待ってほしいって伝えてくれないかしら」

それは、えーと、何をおいてもラジャー！

麻美は所長室を飛び出し、呼吸を整えてからおっとりムードを纏って、事務室に足を踏み入れた。

佐川のデスクに浅く腰掛け、なにやら談笑する様子の、あの作業着の上からでもわかる生唾ゴックンもののガッチリした背中と肩幅は、紛れもなく緑川。

麻美は湧き上がるニヤニヤ笑いを愛想笑いにまで標準化して、声をかけた。

「緑川さん、お疲れ様です。所長がもう少し待っていただきたいとのことですが、大丈夫ですか？」

「そうすか。オッケーです」

緑川は軽く答えると、佐川のデスクの横に積んである漫画雑誌を手にとって、早速集中の構え。

「今、お茶、いれますね」

緑川用のカップと湯飲みをひそかに用意しておいて、よかった。見た目を考えて、小さい茶筒と急須も隠しておいたのよ。お茶を渡すのをきっかけに話しかけて――の目論見で言うと「いや、今、これ飲んでるんで」と、缶コーヒーを掲げてみせるではないか。

ところが、横から佐川が「あ、じゃ、俺が飲む」と、汚いマグカップを差し出した。続いて都丸が「なら、こっちもね」。すると、「じゃあ、ついでにみんなの分、お願いね」と敏江まで。

三つのカップを前に麻美は歯噛《はが》みしたが、今さらどうしようもない。救いはお茶いれスペースが同じ室内にあることだ。電気ポットで湯を沸かし、断腸の思いで急須に茶葉を入れるなどしながら、ちらちらと緑川を盗み見した（横目遣いは得意です）。

さて、距離を縮めるきっかけをどうしよう。

思案しているところに、すいっと克子が現れた。そして、「緑川くん」と呼びかけた。

「あ、はい」

作業の指令だろうと工具箱に手を伸ばした緑川を、克子は「いいの。ちょっと、そこにいて」と制した。

そして、きびきびと彼の横に行くと、佐川のデスクにひょいと腰掛けた。つまり、緑川の隣である。至近距離である。というより、くっついている！

「緑川くん、独身よね」

な、な、なんなんだ!?

麻美は色めき立った。これじゃ、麻美の願いを叶えるというより、誘惑ではないか。

緑川はやや面食らったようだが、「はい」とくぐもった声で答えた。

「じゃ、独身男性の一人としてリサーチに協力してもらいたいんだけど、いいかしら」

打診するようでいながらノーとは言わせない克子らしい口調である。緑川は「はあ、まあ」と、流れに任せる返答。

これって、麻美に緑川の情報を教えようとしてる？

そうよね。麻美は固唾《かたず》を呑《の》み、湯飲みをその他大勢に配りつつ、全身を耳にした。

克子は脚を組み（わ、スカートの裾が上がって太腿《ふともも》チラ見せ！）、タブレットを開いた。

「いくつだっけ」

「二十八です」

二十八歳！　年下！　でも、誤差の範囲内。オッケー。麻美はさりげなく自分のデスクに戻り、素知らぬ顔で脳内メモリーに書き込み開始。

「結婚するご予定は？」

「ないです」

「したい気持ちは？」

「いや、特にないです」

特にない……。どういう意味よ!?

抑えて、抑えて。克子がちゃんと訊いてくれる。

「結婚はしたくないってこと？」

「したくないわけじゃないですけど、その、婚活するほどでは」

言葉を濁しているものの、真婚に登録しないかと勧誘されるのを警戒する様子がありありだ。そりゃ、婚活業者にアンケート調査みたいなことされたら、そう思うよね。

「大丈夫よ。うちに登録させようなんて思ってないから」

さすがに克子だ。笑いながら言うので、緑川も思わずといった体《てい》で安堵《あんど》の笑みを漏らした。いやん、可愛い……（横目遣いの達人麻美は、左右百八十五度まで見えちゃうのである）。

「でも、お母さんは心配なさってるわよ。親を安心させたいとか、そういうことは考えない？」

「いや、考えないわけじゃないですけど」

今や漫画雑誌を閉じた緑川は、首をひねって「うーん」と唸《うな》った。

「昔は男の人でも、三十までに結婚しないと一人前とは見なされないみたいな風潮があったのよ」と、敏江が首を突っ込んできた。

「親が焦るのは、娘の場合だけじゃなかったけどねえ。近頃は違うのかしら」

すると、佐川が「三十までにナントカ、みたいなことは考えないんじゃないっすか？」と口を出した。

あんたはそうでしょうよ。

「緑川くんも同意見？」

克子が訊いてくれた。緑川は「そうっすね」と頷いた。

「三十歳とかも、特に意識はしてませんね」

今回はわりときっぱり、答えた。

「なるほど」

克子は緑川を見つめた。

「結婚は世間体とか親とか、とにかく外圧に急《せ》かされてするものじゃないと思ってるのね」

緑川の顔が明るくなった。まさに「ビンゴ！」という感じ。

「そうっすね」

うんうんと、頷いている。

「そんなことしなくても」

克子は続けて言った。

「赤い糸で結ばれてる人とは、ほっといても出会えると信じてるのね」

からかうような口調だ。

「いや、そんなこと信じてるわけじゃないです」

緑川はわずかに鼻白んだ。そんな甘ったるいオトメ男だと思われたくないって感じ？

「けど。どう言えばいいか……」

眉間にしわを寄せる緑川に、克子はすっと言った。

「出会いたい、結ばれたいってガツガツしてるのがイヤ、とか？」

「どっちかって言うと、そんな感じですね」

その言い方だと、ずっとカッコいい。緑川は満足そうに、頷いた。

「じゃあ、合コンなんかも好きじゃない？」

「好きじゃないですねえ」

答える声の力強さ。本心なのだ。

「誘われても行かない？」

「よっぽど義理のあるところからの誘いなら仕方ないけど、大体断るし、ていうか、そんな誘いしてくる付き合い、ないですから」

「じゃあ、LINEやフェイスブックもやってないとか？」

「やりません」

キッパリ。

「この間、LINE、なんでやらないのぉ、なんてからんできた女を、即切りしてたよな」

佐川が横から口を挟んだ。この間、女がからんできたって、どういうシチュエーションよ!? と問い詰めたいのを、麻美はグッと抑えた。とにかく、緑川はその女は即切りしたのだ。めでたい。わたしもLINEやってませんよ。と、麻美は言いたかったが、それも抑えた。

「わたしも」と会話の尻馬に乗る女って、嫌われるんだわ。この場はひたすら忍の一字で、壁の耳に徹するのよ。

「即切りって、どうやったの。おまえ、ウゼェよって、ビシッと言ってやったとか？」

克子がやや嬉しげに若者言葉を使った。あんたが男なら、そう言うわよね。と、麻美は内心で突っ込んだ。緑川が「いや、さすがにそこまでしませんよ」と面白そうに答えたのは、克子の言い方がおかしかったからか？

「普通に、いや、興味ないからって言っただけっすよ」

わ、それ、意外ときついわ。おまえに興味ないと言ったようなものだもの。ウザいとかうるさいとか言われるより、切られた感、強いです。多分、緑川は気付いてないだろうけど。女にはね、「興味ない」という言葉が一番、きついのよ。

あー、よかった。そう言われたのが、わたしじゃなくて。麻美は胸をなで下ろしつつ、そう言われた彼女に同情した。無論、優越感からだけどさ。

「そういうこと言う子はつながり依存症みたいなところがあるから、即切りで正解だと思うけど」と、克子が話を続けている。

「LINEそのものをやってないのって、今の若い人には珍しいんじゃない？」

「でもないですよ」

緑川はあっさり答えた。

「興味ないやつは興味ないから。合コンもそうですけど」

「じゃあ、どうやって出会いのチャンスをつかまえるの？」

「いや、だから、そういうことって、成り行き任せで」

それが、赤い糸伝説を信じてる甘ったるいオトメ男だっていうのよ！

そんなこと言ってるうちに、ひとつも出会いがなくて、ずっとひとりぼっちで年だけとるってことになったら、どうするの!?

その可能性だってあるんだと思わないの?

自分にはいつか必ず、ふさわしい人が現れるって大船に乗ったつもりでいるの?

どうして、そんな自信が持てるの?

麻美はなぜか、緑川に対して腹が立ってきた。

そういう態度は傲慢だとか、言ってやってくださいよ。麻美は克子に念を送ったが、克子は「ふむ」と小さく頷いて、タブレットに指を走らせただけだ。

「まとめると、二十八歳独身でも結婚願望は特にない。逆に、結婚へのプレッシャーをかけられると反発する。だからといって、結婚はしない、したくないと決意してるわけではない。いずれはするだろうが、そもそも焦ってすることではないと思っているってことかしら」

「そんなところです」

緑川は軽く頷いた。

なんだかなあ。つまり、何にも考えてませんってことよね。

二十八歳。独身。結婚を考えている相手、なし。結婚する気もなし。婚活はしたくない。でも、まったく結婚したくないわけでもない。緑川の現在の心境、把握しました。

麻美は確認すべく克子とのアイコンタクトを試みたが、向こうは一瞥《いちべつ》もせずに事務室を出ていった。

さて、結婚願望なしの男をその気にさせるには、どうしたらいい？

思えば、これまで麻美の女子力が通用していたのは「出会いをガツガツ求めて合コン参加してます」的な連中ばっかりだった。合コン嫌いの緑川はニュータイプ。だからこそ、本気になっているわたしだったりするのよね……。

ここは考えどころだ。

麻美は腕を組んで、熟慮に入った。

迫られると逃げたくなるタイプには違いない。少なくとも、狙いをつけていると悟られるのはまずい。

しかし、アプローチしないことには道が開けない。今のところ、緑川が麻美をまったく意識していないことだけは（うー、口惜《くや》しい！）確かなのだから。

「真婚の仕事をすれば、愛される自分になるとはどういうことか、わかるようになる」

と、克子は言った――。

そういうことなら、わたし、なんでもやります！

4

かくて、麻美は入江雄高とテストデートをしたのである。

しかし、いくらテストと言い張っても、入江は怒っている。怒るのが当然だと思う麻美は、事務所に戻っても恐縮していた。

所長室のソファにふんぞり返る入江の横には敏江が座り、克子と麻美と対面する形だ。憤怒《ふんぬ》の鼻息を容赦なく浴びせてくる入江に、麻美は第二の本能である曖昧な笑顔を向けつつ、かたわらの克子の陰に少しでも身を隠す、はかない努力をしていた。

「こっちは本気なのに、テストとは、どういうことなんだ。高い金を払わせておいて、これじゃ、詐欺じゃないのか」

入江はプンプンしている。麻美は身を縮めたが、克子は微笑みさえ浮かべて（冷笑だが）、すらすらと反論した。

「最後まで嘘をついて逃げるのが詐欺ですわ。私どもは、こうして堂々と事実を説明しています。それに、料金に関しては登録の際にご説明させていただいております。入江様は同意書に署名なさってますよ。お怒りはわかりますが、こちらの説明も聞かずに、感情に任せて暴言を吐くのはおやめください。でなければ、入江様のプロフィールに、怒りっぽいとつけ加えることになります」

「おたくは、プロフィールに勝手に手を加えるのか!?」

入江はますます声を荒らげた。

「勝手にではありません。自己申告ほどあてにならないものはありませんから、私どもでは第三者の目から見た客観的評価をつけ加えることにしております。もちろん、短所だけではなく、ご自分では気付いていらっしゃらない長所も客観的評価として加えさせていただきます」

「客観的評価って、あんたらがするんだろう。何様のつもりだ」

入江は鼻を鳴らした。

「私どもは、入江様が幸福な結婚をなさるよう、一生懸命努めている者でございます」

克子はキリッと言い放った。

「そうですよ。入江様」

敏江が、克子の冷ややかさを覆い隠す猫なで声ですり寄った。

「逆の立場に立って、お考えになってくださいましよ。プロフィールには料理が好きだの贅沢《ぜいたく》はしないだの、いいことばっかり書いてあったのに、結婚してみたら、家事はしないわ、昼間っからパチンコ屋に入り浸るわ、実は前から付き合っている男がいるわ、みたいなことになったら、どうします？」

入江はさすがに口を閉じた。調子に乗った敏江は、彼の肩口に寄りかかるようにして、さらに言い募った。

「自己申告だけなら、なんとでも言えますものねえ。そういう例が実際にあるんですよ。とくに、登録料が無料だったり、でなくても、費用が安いのを売り物にしているところは、ねえ」

『真婚』の料金は、入会金が十八万円で毎月の会費が一万五千円。成婚に至った場合の成功報酬は二十万円。この業界の相場といえる。しかし、とくに若年層には費用がネックになりがちのため、ネット展開の業者は入会金無料としている場合が多い。そのような事情は、克子からざっと聞いた。

麻美としては、登録するだけで十八万円、そして情報料として毎月一万五千円は「うーむ」な金額だ。いい相手を紹介される保証は何もないのに、初期費用としていきなり二十万円近く払うなんて、会員制の高級スパ並みじゃないか。

でも、結婚は一生を決める一大事だし……。

安い業者の登録者はナンパ目的が多いという噂を聞いたことがあるし、入会金が高いところは、登録者にそれを支払えるだけの経済力があるということだから、質のよさは信頼できる、と、当の業者が宣伝文句に使っていることも知っているが、聞き流していただけだった。

また、業者に頼るのは結婚相手をお金で買うみたいで気が進まない、とも思っていた。だが、安定した人生を手に入れるための投資と考えれば（これは、克子が仕事の説明として使った言葉だ）、それってありよねえ。

「東田さん、よその業者さんのことを話題にするのは、いけません」

つい、考え込んでいる麻美の横で、克子がたしなめた。

なるほど。自己申告に客観的評価を加えるというのは、説得力がある。だが、評価をするのが克子や敏江だというのなら、「何様のつもり？」と麻美も言いたい。

「私どものやり方に同意できない、続けられないとおっしゃるなら、この場で退会はできます。ただし、入会金の返却はいたしません。その点に関しては、契約書に明記してございますし、しつこいようですが同意書に署名捺印もなさってますよ。ビジネスマンの入江様が、よもや、お忘れとは思いませんが」

入江はぐっと詰まった。

「入江様は、ちゃんとわかっておいでですよね。ただ、せっかくお気に召したお相手がテストデート用のスタッフだったんですもの。お気持ちが収まらないのは、当然ですわよ。ほら、あなたもちゃんと謝って」

敏江に促されて、麻美はあわてて「すみませんでした」と、頭を下げた。

だが、なんで、わたしが謝るの？　と疑問がよぎる。

だって、これは社命なんだもの。

抗議の目を克子に向けたが、彼女は一顧だにせず、入江だけに目を据えている。

「どうでしょう。入江様。退会なさいますか？　それとも、このまま続けて、私どもにご成婚までのお手伝いをさせていただけますか？」

入江は仏頂面で、鼻息をひとつ吹いた。

「契約書の件は承知してますよ。テストデートの説明がなかったのは不服だが、一応、そちらの言い分をうかがいましょう」

語尾を引き上げて、なんとか面目を保った。

入江は中堅ドラッグストアの幹部で、年収は八百万円弱。未婚なのは、仕事に忙殺され、出会いの機会がまったくなかったためと、登録時の自己紹介票に書いている。結婚しそびれている者がもっとも多くあげる言い訳、とは、克子の弁だ。

「承知しました」

克子は頷いた。

「では、テストデートで見つかった入江様の改善すべき点を、こちらにおります杉浦から述べさせます」

入江が恨みがましい視線を麻美に送ってきた。麻美は曖昧な笑みが浮かぶのを、どうすることもできない。こういう場合は、克子のようにキリッとした無表情を通すほうがビジネスライクで、カッコいいんだけどなあ。人受け願望の強い麻美には、ビジネスライク方面の表情筋がない。残念だ。

ふにゃっと笑う麻美の横で、克子のビジネスライクなトークは続く。

「その前におことわりしておきますが、欠点を指摘するわけですから、入江様にとってはかなり不愉快な時間になります。ですが、これは必要な試練とお考えください。私どもが入江様にお示しするのは、努力次第で改善できるポイントです。改善すれば、今後のお見合いでお相手に与える印象がぐっとよくなります」

断言されて、入江はふくれっ面で沈黙した。

「本当ですよ」と、入江の横から敏江が熱っぽく口を挟んだ。

「ちょっとした努力で、成婚につながるんですから。入江様は長所がたくさんおありになるのに、それがお相手に伝わる前に、第一印象で誤解されてしまうのは、もったいないことですわ」

「ふーむ」

入江のとげとげしさが引っ込んだ。敏江の物言いは麻美には歯が浮くようだが、この男をなだめるのには最適なのだ。

この、いけ図々《ずうずう》しくも内心が読めない、食えないオババがここにいる理由がわかった。

「では」

克子に促され、麻美はもじもじした。最初に何を言えばいいのか、わからない。

テストデートに赴く前の研修で、欠点と思われるポイントは臆せず口にせよと教えられた。だが、麻美は男に直接きつい言葉を放ったことがないのだ。

イヤだと思うと、接触せずにすむよう逃げる。その手でしのいできた。

大体、女のほうが世渡り上手で、ガールズトークは毒気満載でも、男の前では本音を隠す機能が遺伝子に組み込まれているのだ。毒舌女もたまにいるが、絶対にモテない。

そこそこモテる女だった麻美に、面と向かって欠点を言えというのは、今すぐ崖から海に飛び込めと命令されるくらい難しいことだった。

「あの、えーと、そうですね。入江様がいい方なのは、よくわかるのですけれども」

「だったら、あなた、入江様と交際してみますか？」

横から、克子がぴしっと言った。

うわ。

なんと、真に受けたのか、入江がふくれっ面を解いて、期待の眼差しで麻美を見ている。

「いえ、それは無理です」

あわてて、否定した。

そうか。いい顔をしていたら、そっちに持っていかれるのか。

麻美の前任者はここに相談に来ていた人と結婚したと聞いた。それが麻美を『真婚』にひっぱる餌のひとつだったのは認めるが、もしかして、彼女はこの手で結婚に持っていかれたのかもしれない。

冗談じゃない！

麻美は意を決し、キッと入江を睨んだ。

「では、申し上げます。まず、外見ですが、ダイエットなさったほうがいいです。それから、その頭ですが、カツラですよね」

入江は真っ赤になった。はっきり言ってしまうことで気まずさを覚えるかと思いきや、麻美は楽しくなった。

「薄毛は外見としてはマイナスポイントではありますが、女性は男の方が思っているほど、毛髪にはこだわりません。さらさらヘアほど抜けやすいというのは、芸能人の例を見ても明らかで、女性はみんな知っています。逆に、増毛や部分カツラは、いくら自然に見えると宣伝していても、なんとなくわかります」

得意になって、いつも女たちの間でしゃべっていることを口にした。

入江は必死で、恥辱が昂《こう》じた怒りを耐えている様子だ。

そこに敏江が口を出す。

「肥満は身体《からだ》にもよくないですからね。第一、努力次第で解消できるんですもの。それに、お髪《ぐし》のことは、結婚して毎日一緒に過ごすことを考えたら、隠しておくほうが難しゅうございましょう？　女性というものはね、入江様。薄毛やはげ頭より、それをカツラで隠そうとするほうを、みっともない、情けないと思うものですよ。女性は心が広いんです。女性は、人類の母ですから」

そこまで言うか。

しかし、入江に対しては説得力があったようだ。先ほどよりは顔の赤みが減少した入江に、麻美は頷いてみせた。

「身長や毛髪の問題は、こと結婚相手として見た場合、優先順位としてはトップスリーにも入りません。人生を共にするという点から見れば、わたしたち、外見の要素にこだわってはいられないと現実的に判断しますから」

自分は面食いのくせに、麻美は力強く言い切った。他人事なら、いくらでもきれい事が言えるものだ。

「肥満は大量の汗をかく。大量の汗は臭いを発します。これらが肥満の嫌われポイントを倍増させる要素です」

克子が淡々と言い添えた。

わ、汗と臭い。それは、いけません。麻美は思うさま顔をしかめ、盛大に同意を示した。

そこに「ねえ」と、敏江が訳知り顔ですり寄った。

「入江様はおそらく、今までにも人から言われ、ご自分でもダイエットしなければと思ってはきたんですよね。でも、成功していない。けれど、ここが正念場です。ダイエットに成功して、スッキリして男っぷりをあげ、結婚した後にまた、太ればいいんですよ。太ったくらいで離婚を申し立てる人はいませんし、奥様が食事に気をつけてくれたりもするでしょうから」

入江の表情が少し和らいだ。ダイエットの努力が一時期だけでいいと言われたようなものだからだろうか。

「外見はそのくらいにして、次はデートの際のコミュニケーション術にいきましょう。杉浦さん、どうぞ」

克子に命令され、麻美は少し考えた。

「あのですね、いくら自分の趣味に相手が興味を示したように見えても、一方的に語るのは考え物です」

「でも、あんたが質問してきたんじゃないか」

入江がすぐに切り返した。本物の見合い相手ではないとわかれば、遠慮もクソもなくなったようだ。

そっちがそうなら、こっちだって！

我知らず、麻美もエンジン全開だ。

「女性は会話が成り立たないと思うと、自分から話しかけて、場の空気を和ませようと努力する能力があります。ですから、質問はしますが、熱く語られると引きます。それなのに男の人って、相手が引いているのがわからないんですよね。いわゆる、空気が読めないという、あれです。ほんと、あれには困るわ。大体、いッ」

克子に足首を蹴飛ばされた痛みで、麻美はぐっと言葉に詰まった。そのすきに、克子があとを続ける。

「でも、空気を読むのは難しいですから、ご自分で語るのをセーブしようと注意する努力が必要です。最初から、自分のことを語るより、相手の話を聞こうと決めて、お見合いに臨むと申し上げたほうがわかりやすいでしょうか。たとえば、入江様は彼女の趣味について、ご質問をなさいませんでしたが、それはなぜですか?」

「でも、料理ってプロフィールに書いてあったから」

入江は不満げに、克子に答えた。

「料理だけが趣味ということは、ほとんどありません。何か、他に楽しみにしていることはとか、できるだけ、お相手に話させるように持っていかないと」

まだジンジンするくるぶしの痛みに耐えながら、麻美は克子の言うことを頭に刻んだ。そうするように言われたからだ。それは、麻美が習得すべき、『真婚』の営業トークなのだから。

「でも、さっき、そっちのあんたが」

入江は、怒りの面持ちで麻美を指さした。

「女は顔と腹が違うみたいなことを言ったじゃないか。本当はどんなことなら喜んで話すのか、男にはわからないってことだろう」

おっと。それはそうだが、麻美にだってアホな男に言ってやりたいことはある。

「普通に答えやすいことを訊けば、いいんですよ。たとえば、そうですね、最近一番笑ったのはいつで、どんなことだったか、とか。女性には、話す内容が何もないということがありません。自分について訊かれたら、いくらでも話せます。入江様もそうでしたでしょう？　でも、男の方は質問されて話すのは嬉しいけれど、お相手も同じだとまで考えられないものなんです」

おやま、すらすら教えられるうえに、克子たちと同じように入江様と苦もなく言えた。わたしって、この手のインストラクターの才能があるのかも。麻美は調子づいた。

「自分について五分話したら、お相手には十分話してもらうよう、仕向けないと」

「どうやって？」

入江が真剣に訊く。麻美は頷いた。もはや、ノリノリである。

「ちゃんと話を聞いて、わからないことがあったら、それは何ですか、どういうことですかと説明させるんです。あ、でも、そのとき、面接試験みたいに上から目線で質問するという感じではダメです。へえ、とか、ほお、とか、合いの手を入れて、会話を楽しんで聞いている雰囲気を出してほしいですね」

「そんなこと」

入江はまた、仏頂面になった。

「できたら、苦労しないよ」

だよなあ。これには、どう答えればいいのか。わからなくなって詰まった一瞬の間をとらえて、またも克子がすぱっと言った。

「入江様。できないと、したくないは、似て非なるものですよ。ご立派な社会人の入江様にこんなことを言うのは心苦しいのですが、プライドの高い方ほど、したくないことをできないことにすり替えてしまいます。あなたは自分では変わろうとせず、このままの自分を受け入れてくれる人を求めてらっしゃる。しかも、理想が高い。二十代で保育士で、こんな容貌の女性が」

克子は横にいる麻美を、さっと片手で示した。

「今のままのあなたに惚れ込むと、本気で信じてらっしゃるんですか?」

わ、すご過ぎ。

麻美は仰天して、思わず克子を凝視した。顎をあげて入江を見下ろす克子の眼差しは、こう言っていた。

一体、何様のおつもり？

3

結婚したきゃ、頭をお下げ

1

薄毛でデブであばた面で、ロボットアニメについて語らせたら止まらないが、それ以外では会話がもたない四十二歳の結婚難民。

そもそも、おまえレベルの男が、若くて感じのいい独身女性に選ばれるとチラリとでも思うなんて、いけ図々しい。

みたいなことを、面と向かって言う。

それがここ、『真婚』のやり方なのか!?

そりゃ、その通りだと思いますよ。しかし、世の中には言っていいことと悪いことがあるわけで。

麻美にとって、入江はタイプ圏外だ。だから、彼が怒ろうが傷つこうが、どうでもいい。しかし、直接いたぶられるのを見るのは、どうにも居心地が悪い。

うつむきつつ、上目遣いでうかがう入江の顔には、憤怒の赤みが差していた。

そりゃ、そうよね。当たってるけど、きついよね。

「うちの所長は帰国子女なものですから、ものの言いようがはっきりし過ぎて、申し訳ありませんわねえ」

敏江が入江の腕に両手をかけて、とりなした。

「でもね、入江様。言いにくいことをはっきり申し上げるのも、家族同然の気持ちでいるからですのよ。いいご縁を結んでいただくためには、入江様にも、もう少し女心を汲《く》み取る努力をしていただきたいという親心の表れなんでございます。それに、好みのタイプが奥様にふさわしいとは限らないということも、頭に入れておいていただきたいと存じまして」

それでも、恥をかかされた入江の怒りは収まらない。なんとか爆発しないように抑えているのが、麻美にもわかった。

どうする気よ。

ヤキモキする麻美の肘が、コツンとつつかれた。驚いて見上げると、克子は素知らぬ顔で先を続けた。

「では、次に入江様のプラスポイントを、彼女の口から申し上げます」

「え、あ、あの」

欠点を指摘したあとで、長所をあげる。その流れについては、事前にレクチャーされていた。しかし、実際に向かい合ってみると先立つ嫌悪感に邪魔されて、長所を見つけるところまでいってない。

とはいえ、ここで「わかりません」はNGワード。これは、麻美の仕事なのだ。

麻美は大急ぎで、気休めになりそうな事柄を探した。

「あの、ですね。その、夢中になる趣味がおありのところは、いいと思います。マニアックな話も、その方面に興味がある女性なら楽しいでしょうし。えと、それにロボットアニメのマニアなら、ロリコンよりずっとずっと健康的で、あの、可愛いですし」

おー、「可愛い」が効いたのか、入江の表情が少なからず、ゆるんだ。

「そうですとも」

敏江が尻馬に乗った。

「一途《いちず》な人って、魅力的ですわよ。お仕事が忙しい男の方は仕事だけになって、中身がスカスカ。それに比べると、仕事以外に打ち込めるものをお持ちの方は懐《ふところ》が深いと申しますか、私どものほうでも、女性会員にアピールし甲斐《がい》がございます」

「そうかな。オタクっぽいのは嫌われるんじゃないかい？」

普段、冷視されがちな趣味への偏愛ぶりをほめられたのが嬉しいのか、入江の様子が明らかに軟化した。

「会社の女の子には白い目で見られてるし、人には話さないほうがいいとまで言われたことがあるんだが」

「オタクを嫌う女性は、結婚には向いていません」

克子がすぱっと言った。

え、ほんと？

麻美は目をむいた。オタクは気持ち悪いと、麻美も思っているのだ。

「ひとつのものに純粋に愛情を捧げる行為を理解できない人には、優しさがありません。入江様は、優しくない女性でもいいですか？」

「それは、ダメだよ。優しさは第一条件だ」

「優しさが第一条件」

克子がオウム返しをした。

「でしたら、三人ご紹介した中から彼女を選んだ理由は、なんですか？」

「そりゃあ、優しそうだったから。保育士だし。まあ、それは嘘だったわけだがね」

入江は一矢報いんとばかり、麻美に向かって鼻を鳴らした。

麻美は亀のように首をすくめた。わたしだって、嘘なんかつきたくなかったんです。できたら、そう言いたい。

しかし、克子は悪びれない。それどころか、つんと顎をあげて嫌み返しをした。

「入江様。この際ですから、きれい事はおっしゃらないでください。彼女が一番若くて可愛かったからでしょう。違いますか？」

「それは」

入江は返事に詰まった。克子はすかさず、「責めているわけじゃ、ありませんのよ」と口調を和らげた。

「私どもがご紹介した他の候補者は、優しそうという点では遜色ありませんでした。同じことなら、一番若い人を選ぶのは当然ですよねえ。子供を産むことを考えれば」

「そ、それだよ。やはり、子供のことを考えると」

それは言い訳でしょう？　一番若くて可愛いからでしょう？

嘘をついたのは悪かったけど、そっちだって本心を隠してるじゃないの。麻美は内心で、突っ込みを入れた。

「それはそれとして、彼女をお選びになったのは、人情として当然のことです。ですが、これほどのレベルの女性と業者を通じて出会うのは不可能です。はっきり申し上げて、若くて見映えがよくて、そのうえ性格も申し分ない女性が私どものような業者に登録することはないという現実をご認識ください」

そんなこと、言い切っていいのか？

麻美はハラハラした。他の業者のみならず、婚活中のすべての女性を敵に回すぞ。

克子はさらに言う。

「今後、私どもがご紹介する方は、ここまで若くも可愛くもありません。ですが、入江様の伴侶にふさわしい優しさと賢さ、つまりは人格をお持ちです。それなのに、外見や年齢で選《え》り好みしていたら、もっとも大事な条件である相性のよさが見失われます。入江様が外見にとらわれている間に、優しくて働き者で賢い女性を他の人にとられてしまうとしたら、どうですか？」

「そんな、僕は選り好みなんか」

「なさいませんよねえ。わかってますとも」

敏江が猫なで声で、入江の反発を抑え込んだ。

「ですけど、なかなか成婚に至らない方というのは、合う合わないを独り決めなさってる方が多いんですのよ。年上のキャリアウーマンはダメとか、バツイチはダメとか、水商売経験者はイヤとかね。でも、そのような人柄と関係ない条件に縛られて、いいご縁を自ら捨ててしまうのは、本当にもったいないことですわ。私どもはね、入江様。入江様を理解し、入江様に愛されたいと願う方を選んでご紹介したいと思っておりますのよ。それが仕事ですもの」

敏江が甘ったるく懐柔したあとで、克子が堅い口調で念を押した。

「ですから、入江様にもぜひ、外見や職業や経歴にとらわれず、人格重視という初心を肝に銘じていただきたいのです」

これって、外見や経歴に難があるのしか紹介できないってことじゃない？

麻美はすぐに裏読みしたが、入江は正論をぶつけられた気まずさしか感じていないようだ。

「そんなことは、わかっているよ」

仏頂面で体裁を繕った。とにかく、怒って席を立つ気はないようだ。

「その点をわかっていただけるなら、私どもとしましても心して、女性会員の方たちに入江様のよさをご理解いただけるように努めます。なんといっても入江様は、女性が望む美点をお持ちですから」

さっきまでと打って変わって、克子が入江を持ち上げた。迷いや曖昧さのない口調は変わらないだけに、ものすごく信憑性《しんぴょうせい》がある。

でも、美点って、何？　どこ？

麻美には見当もつかない。

2

どうやらほめられそうな気配に、入江の態度が変わった。ふんぞり返った姿勢から、ずずっと前のめりになる。

対する克子の背筋も、やや前傾した。それだけで、熱心な雰囲気が生まれる。

「自分の世界をしっかり持ってらっしゃる。それは、入江様の美点ですわ。そこのところを、もっと、さらっとお示しになれば、きっと、お相手の心を動かせると存じます。ことに、私どもの女性会員はほとんどの方がお仕事をなさっており、事情が許す限り、結婚しても働き続けることを望んでおいでの、しっかりした方ばかりです。このような、社会経験を通じて個人としてのアイデンティティを持っている女性たちは、妻としての役割を百パーセント求められることへの抵抗、というか、ためらいがあります。実際、何かと妻をあてにする夫に辟易《へきえき》して、ウツ病になったり、離婚したりする先輩女性をたくさん見てますしね。ですので、一人遊びをしてくれるご主人のほうが望ましい。オタクのほうが、むしろいい、というのはこういった女性たちです。ところが、このような考え深い人ほど、結婚に対して慎重であるがために、つい、遅れてしまうのです。そんな女性たちを、どうお考えですか？」

長い！　よくもこう、すらすらしゃべれるわね。麻美は一生懸命聞いていたのだが、どこがポイントなのか、わからなくなった。しかし、質問された入江は、うっと一瞬詰まった後に、しかつめらしく答えた。

「僕は、亭主関白になるつもりはないですよ。働きたいなら、働いてもらってけっこう」

「つまり」と、克子が話の行き先を途中でもぎ取った。

「結婚しても奥様の生き方を尊重する、自分の時間を大切にしてほしいと、そう思っておいでですね」

「あ、それはポイント高いです」

麻美は思わず、口を挟んだ。

「……まあ、そういうことですね」

同意しながらも、入江は釈然としない面持ちだ。しかし、考える時間は与えられない。

「まあ、素晴らしい！　そんな風に言ってくださる夫こそ、すべての妻の理想ですわよ」

敏江が両手を打ち合わせて、大げさに感嘆した。

「ほんとに残念ですわ。入江様はこんなに素晴らしい方なのに、それがまったく表に出てこないんですもの。不器用な方ですのねえ」

入江は目を白黒させている。ほめられているのは、明らかだ。不器用という表現も、男には殺し文句らしい。

「入江様」

克子が改まった調子で呼びかけた。反射的に注意を向ける入江の表情にはもはや、否定的な色がない。

「私どもは、本気で入江様のご成婚を手助けしたいと願っております。そのために、相当の口出しをいたしました。もし、ご不満がおありなら、退会していただいても構いません。私どもの基本姿勢をご了承いただけるのなら、ここから先のシステムについて、詳しくご説明させていただきたいと存じますが、いかがでしょうか」

「システムの説明は、最初の段階で聞いたよ。同意書にも署名したが」

「はい。でも、サービス内容について、ベーシックコースと、料金が八割増しになる真婚スペシャルコースの二つから、入江様はベーシックコースをお選びになりました。それですと、お相手の紹介と申し込みの仲介及びお見合いのセッティングのみで、他の業者さんのサービスと変わりありません。つまり、先程来の話し合いで私どもが申し上げましたような、入江様のご人格に即した徹底サポートがつけられません」

克子は「婚活疲労」という言葉を持ち出した。

婚活業者に登録したものの、申し込んでも相手がOKしない、お見合いをしても断られるの連続で、無駄に会費を払い続けるのがイヤになり、退会する。その後、お金をどぶに捨てた虚しさと、自分という存在を否定され続けた敗北感でウツ状態に――。

その心の傷をケアするための「婚活疲労外来」さえあるそうだ。

その点、『真婚』スペシャルコースに申し込めば、お見合い相手を相性がよさそうな女性候補者に絞り込み、かつ、登録者のよさを強力アピールして紹介する。

加えて、お見合いを成功させるためのコミュニケーション術のレッスンがある。これには、一般レッスンとダイレクトレッスンの二種類があり、それぞれ一回二時間で一般は三千円、ダイレクトは八千円。

一般レッスンではさまざまなロール・プレイングにより、お見合いにおけるコミュニケーション術の基礎を身に付けられる。

一方、ダイレクトでは、お見合い相手となる女性の好みに特化した服装、立ち居振舞い、会話の持っていきかたなどを具体的にシミュレーションする、いわばリハーサルの色合いが強い。

「会費の安い業者さんは、情報を流すだけでございましょう。私たち、あれを下手な鉄砲も数撃ちゃ当たる方式って言ってますのよ。実際は、撃っても撃っても当たらないんですけどね」

敏江が口に手を当てて、コロコロ笑った。

「獲物がいない方向に撃っているも同然なんですもの」

克子が頷いて、あとを続けた。

「真婚スペシャルコースとは、獲物を狩り場に追い込むと同時に、射撃手のスキルをアップさせて、できることなら一発で仕留めることを目的としております。ですから、効率性を考えますと、こちらのほうの料金は時間と費用の無駄を防ぐ投資と自負しております。が、もちろん、ご判断なさるのは入江様です」

入江はじっと黙り込んだままだ。おそらく、情報を消化しきれないのだろう。麻美だって、そうである。真婚スペシャルコースについてのレクチャーは受けたし、花婿教室のようなことをしている業者がそう珍しくないことも知っている。

それにしても、獲物を狩り場に追い込むとか、射撃手のスキルを上げるとか、わかりやすいけど、婚活のたとえとしてはあんまりじゃない？

結婚って、そういうことじゃないでしょう？

だが、入江の考え込む様子は、さほど不愉快そうではない。

「まあ、そちらさんの言うことにも一理あるとは思いますがね」

と、納得した感じ。ハンター気質の持ち主か？　それとも、「効率性」という言葉がビジネスマン心に響いたのか？

「どうぞ、存分にお考えくださいませ」

克子はきちんと頭を下げた。そして顔を上げるやいなや、どこに隠し持っていたのか、タブレット端末を取り出して膝に構え、入江の注意を引いた。

「ちなみに、『真婚』スペシャルコースにご変更の場合、私どもが入江様にご紹介したいと考えております女性会員をざっとご覧いただきます」

麻美は心持ち首を伸ばして、横から画面をのぞき込んだ。

女性の画像が次々と現れては消える。チラ見せなのでわかりにくいが、外見のレベルは総じて、そう悪くない。

え、こんなに登録者がいるの？

入社後の一週間、研修と称して麻美が克子につきっきりで教え込まれたのは、テストデートにおける会話の持っていき方、クライアントに対する敬語の使い方などいろいろ。加えて、パソコンのフォルダに雑多に放り込まれた登録者プロフィールの整理作業を命じられた。

ちゃんとしたフォーマットがないのか、プロフィールは写真の画質がよくなかったり、趣味や特技といった人となりを語る情報が空欄だったり、婚活業者らしいファイルの体を成していなかった。

麻美が受け持ったのは、男女別年齢別に振り分けることだけで、その後、佐川が画質調整などをすると聞かされた。

しかし、ひっかけ用の自分の偽情報を見せられた後だけに、これらのプロフィールが全部本物かどうか、画質調整というのは修整ってことじゃないのかと、疑惑がどんどん湧き上がる。

でもさあ。偽者ばかりだったら、ビジネスが成り立たないよね。ということは？

ああ、この会社って、あまりにも謎だらけ。

しかし、入江は目の色を変えた。もっとよく見ようと身を乗り出したところでタブレットから画像は消され、あっという間にケースに収納された。

「入会金と初期費用としてベーシックコース三カ月分をお支払いいただいておりますが、真婚スペシャルコースへの変更は随時、受け付けております。今後どのようになさりたいか、よくお考えになって、入江様のほうからご連絡ください」

克子はさっさと、締めに入った。

「私は今日の話し合いで入江様のご人格がのみ込めただけに、『真婚』スペシャルでそこをアピールできないというのは、歯がゆいですわ」

敏江が言うと、克子が「東田さん、お決めになるのは入江様です。差し出口はいけません」と、ビシッと叱った。敏江は首をすくめた。

「あら、いけない。私は仲人経験が長いものですから、つい、お節介しちゃうんですよ。ごめんなさいねえ」

展開についていけず、ぼやっとしていた麻美の頬に何かが刺さる気配がした。克子が睨んでいるのだ。

克子はさらに小さく顎を入江のほうに振り、「あなたも何か言って、プッシュしなさい」と目つきで命じた。

「あの、入江様、頑張ってください」

へニャッと笑ってみたが、横で克子が目を天に向けたのがわかった。「バカ！」と罵倒する克子の内心の声も聞こえる。

だって、そんな、デビュー戦なんだからさあ。

ムクれつつ、克子と敏江の後ろに従い、入江をドアまで見送って、三人並んで深く頭を下げた。

ドアが閉まったあとも、三つ数える間は頭を下げていろと教わった。

一、二、三。で、頭を上げた途端、克子に腕をつかまれた。

「頑張ってってていうのは、なんなのよ。下手なキャンペーンソングじゃあるまいし。締めの決め台詞《ぜりふ》は教えたでしょう」

「あ……」

なんだっけ。

「ここでお話しした一時間だけで、入江様への理解が深まりました。いいお相手に巡り合えますよう、わたしも一生懸命努力したいと思っています。どうぞ、よろしくお願いします。で、頭を下げる。これ、ノートに書かせたでしょ」

すっかり、忘れていた。

「あの、でも、あの流れでわたしのほうから、よろしくお願いしますっていうのは、ヘンじゃないですか？」

それはむしろ、入江が言うべき言葉ではないか。

「わたしに仕事をさせてくださいという意味だから、いいのよ」

そうか？

「まあまあ、一回目ですものねえ。この次はもっとうまくやれるわよ、ねえ」

敏江の安請け合いが、この際、まっとうな意見に思える。

「じゃ、わたしは失礼するわね。あー、疲れた」

敏江は首を回しながら、踵を返した。だが麻美は、腕を組んで眼前に立ちはだかる克子に阻まれ、動けない。どうやら、説教タイムらしい。

「あなたの役割は、機転を利かしてわたしの言うことを補完することなのよ。今回で言えば、ここ」

克子は、すらっと取り出したスマホを操作した。

『つまり、結婚しても奥様の生き方を尊重する、自分の時間を大切にしてほしいと、そう思っておいでですね』

『あ、それはポイント高いです』

録音していたのか!?

「ここはよかった。でも、ここだけだったわね。あとは、わたしが振らないと何も言わなかった」

だって、そんな。克子と敏江の掛け合いに割って入る隙なんて、なかったし。

ほとんどぶっつけ本番のわりには、頑張ったわよ。新人の初回営業は挨拶だけっていうのが、普通でしょ。

いきなりのダメ出しに不満を隠せない麻美に、克子はかがみ込むようにして顔を寄せた。

「わたしがあなたを入社させたのは、あなたの魅力に期待しているからなのよ。あなたの発言は、男性会員へのインパクトが強いの。そのこと、自覚できてる？」

魅力って。ウフフ。そう？ やっぱり？

不満が雲散霧消して、麻美は素直に克子を見上げた。

「うちの会員はね、すでに他の業者をさんざん試して、振られてばかりのモテず男ばかりなのよ。若くて可愛い女の子に親身になってもらう経験値そのものが低いの。だから、わたしの言うことをしっかり聞いて、ここぞというところで、あなたの魅力を駆使して合いの手を入れないと。その場にいりゃあいいってもんじゃないんだから。頭、使ってちょうだい。可愛いだけじゃダメなのよ」

「……はい」

これ、ほめられてるの、怒られてるの？ ま、いいか。「若くて可愛い」が武器だと言われてるんだから、やる気を出しましょう。

「じゃ、これから次の打ち合わせに入りましょう」

「次――」

また、テストデートか？

「入江さんのですか」

それとも、ご新規さん？

やる気満々で腰を落ち着けた所長室で見せられたのは、女性会員のプロフィールだった。

3

高畠由紀《たかばたけゆき》。三十五歳。印刷会社のＯＬ。

見た目は、普通だ。モテメイク、モテ髪を施して標準レベルを維持しているが、それだけに印象としてはありふれている。ぱっと見のインパクトがない。

これは、入江のマッチング相手なのだろうか。もしかして、彼女とのデートを成功させるため、真婚スペシャルのダイレクトレッスンで彼女の役をやれってことかな？

それは面白そうだけど。

「この方、さっき入江さんに見せた候補者の中にいましたっけ」

「いないわよ。さっき見せたのは、広告みたいなものだから」

そんな——。

麻美の偽プロフィールがテストデート用の仕掛けだというのは、納得できる。でも、見合い相手のリストまで嘘だらけだなんて。

先ほど克子にほめられたことで強気になった麻美は、気になっていたことを追及することにした。

「わたし、まだ会員のプロフィール、ちゃんと見せてもらってないですよね。会員って、どのくらいいるんですか」

「ちゃんと、いるわよ。じゃなきゃ、商売にならないでしょ。ただ、入江の女版、つまり、結婚したいのにできないタイプばかりだから、広告としては使えないのよ。うちは立ち上げたばっかりで業者としての認知度が低いから、まずその気にさせるところから始めなきゃ」

脚を組んでソファに身体を投げ出し、コーヒーを飲みつつ、スマホを操作するのに集中するかたわら、克子は事もなげに答えた。

「入江」と呼び捨て。しかも、広告と称して、いもしないきれいどころの画像を使うなんて。

『真婚』って、もしかしてアブない会社？

克子はチラリと目を上げ、眉根を寄せた。

「あなた、考えてることが顔に出るわよ。思っても顔には出さないスキルを使うのは、男相手のときだけ？」

なんで、そう、意地悪なの？

そりゃ、男相手だと自動的に可愛い女仮面をかぶるけど。そんなの、普通よ。悪い？

そうよ。あなたみたいな女になら、遠慮しないわよ。言いたいこと、言ってやるわよ！

「わたし、さっきのこと思い返して、感動しかけてたんです。入江さんの表に出てこないよさをちゃんと見つけ出して、そこをしっかりアピールしてあげたいって言ってたでしょう。ああ、それが真婚のやり方なんだ。婚活業者って、紹介だけしてあとはご勝手にっていうのが普通だけど、そこまで会員さんのことを考えるのって、すごいことなんだ。わたしも頑張ろうって。それなのに」

克子の厳しい眼差しは、やはり怖い。麻美の強気はたちまち腰砕け。目をそらし、声を弱め、なんとか、あとを続けた。

「会員さんと話してるときとギャップがあり過ぎる、ていうか、わたし、克子さんに、その、所長に、ついていっていいのかどうか、わからなくなって……」

強気エネルギー、消失。うなだれる麻美の面前に、スマホが突きつけられた。

国語辞書のアプリだ。

なこうど‐ぐち【仲人口】

縁談をまとめるために、ほどよくとりなして言う言葉。多くはあてにならないことに言う。

「あっちにもこっちにも、かさ上げした情報を吹き込んで売り込む。昔から、仲人っていうのは、そういうもんだったの。わたしたちは仲人口のプロよ。会員のプライドをくすぐって、いい気にさせ、うちに依存させる。そして、成婚に持ち込む。一種の洗脳ね」

「…………」

あまりのことに言葉が出ないが、麻美の顔は十分に語ってしまうのだ。

それ、怖いですよ。

克子は表情を和らげた。

「洗脳って言葉に惑わされちゃ、ダメよ。悪いことしてるわけじゃないんだから。プロフィールの大幅なかさ上げはするけど、だますわけじゃない。そうでしょ。今日、わたしたちは入江さんに嘘をついた？　何かを強制した？」

「……いいえ」

とは言ったが、不承不承だ。先ほど、克子が言い放った仲人口洗脳説の悪印象が強過ぎる。

「あなたはほんとに、甘ちゃんねえ」

克子が冷然と嗤った。

「シュガーコーティングしないと、現実を受け入れられないんだから」

意味がわからない。でも、バカにされているのは十分すぎるほど、伝わる。麻美はまたうつむいて、思うさま唇を尖らせた。

「それがよくないとは、言ってないわよ」

克子は、わずかに優しげな口調で続けた。

「うちの会員さんは、何を求めてお金を払うの?」

「――結婚相手です」

「そうね。でね、なかなか結婚できない人は、自分で結婚のハードルを高くしちゃってるものなの。だから、わたしたちは、仲人口という踏み台を使ってその人たちを持ち上げて、ハードルを越えさせてあげるのよ」

えと――。

正しいような、言いくるめられているような。

克子に向ける視線が、また一段と気弱になる。と、再び克子の背筋が伸びて、麻美を見下ろす姿勢になった。

「あなたもうちのスタッフなんだから、仲人口のプロを目指してちょうだい。あなたには、その素質が十分すぎるほどあるんだから」

え、嘘。

「そうでしょうか」

若くて可愛いというのは、いいわよ。でも、仲人口の素質があるっていうのは、人間として、どうよ。どんなによさげに言い換えても、仲人口って、限りなく嘘つきに近いと思います。

克子はまたスマホに注意を向け、ついでのように答えた。

「現実をシュガーコーティングするスキルが、あなたはほぼ無意識の領域に達してる。というより、達しすぎて、意識できなくなってるのよ。意識できなくても、持っているスキルは使えるわ。あなたには、仲人口を使うのは簡単なことなのよ」

ますます、意味がわからない。ほめられているのか、バカにされているのかわからないのも、同じ。

「ま、いいわ」

克子は、ちゃっちゃとまとめに入る。

「とにかく、うちは嘘偽りなく、会員の結婚願望を成就させるために手を尽くしてます。あなたにも、その認識を持ってほしいわね。わたしが何か言うたび、理解できません、納得しかねます、みたいな顔、しないでちょうだい。不愉快だから」

すぱっと切り捨てるや、克子はスマホを耳に当てて「緑川くん、来てる？」と訊くではないか。麻美はほぼ本能的に色めきたった。ミドリカワの一言で、それまでのゴチャゴチャが吹っ飛ぶのである。

「あ、そう。じゃあ、ちょっと行くわ」

克子は立ち上がって、事務室に向かう。麻美も当然、ついていく。

事務室では緑川がタブレットを開いて、待っていた。克子は彼の横にピッタリ貼り付き、タブレットを見ながら、「あれは？」「それは、こうで」と何が何だかわからない会話をしている。

麻美は仕方なく自分のデスクに座り、パソコンを立ち上げて仕事をするふりだ。とりあえず、さっきまでの克子とのやりとりは棚上げである。

ここから、どうすべきか。お茶いれアプローチに再チャレンジするか？

考えていると、緑川のズボンのポケットから「ピロリン」と短い着信音が。

スマホを取り出した緑川は画面を見て、ニヤリと笑った。そして、そのまますぐポケットに戻した。

仕事中は、すぐには返信しない人か。

それはいいけど、相手は誰？

思わず微笑むような相手といえば、もしかして……。でも、結婚は全然考えてないと言ってたし。でも、彼女がいないと言ったわけではないし。

ああ、「誰からのメール？」と訊きたい。でも、そんなことしたら下心がバレバレ。

悩ましい。ひそかに眉を寄せて悲しみに耐えていたら、克子が「緑川くん、ずいぶんとニヤけちゃって。彼女メール？」と、からかうような口調でズバリのご下問。

「いや、違います」

緑川は普通に否定。

「あら、そう。この間、お母さんから付き合ってる人がいるらしいって、聞いたけど」

そうなの!?

「いやあ、彼女って感じの彼女はいないです。俺、モテないっすから」

緑川はあっさり答えた。

ほんとかな。麻美は考え込んだ。麻美がハートを持っていかれるほどの男がモテないなんて、あり得る？

しかるに、克子は「でしょうね」と軽く受け流した。

緑川がムッとするのがわかった。

非恋愛体質でも、「モテない」と見なされるのはイヤなのね。

「女の子って、何考えてるかわからないからめんどくさいのよね」

克子が言うと、緑川はバツが悪そうに弱い笑みを浮かべた。

「めんどくさいって言うか、俺、そういうの、うまくないっすから」

あ、今の言い方でわかりました。コミュ力ゼロなのね。わたしはそういうの、オッケーよ。麻美は心の中で力を込めた。

「でも、結婚はできるわよ」

克子は軽く笑って、緑川の肩をポンと叩いた。

「なんだかよくわからないけど、結婚しちゃいました、子供も生まれて、気がついたら五十年、結果オーライっていうのも、よくある話よ。とにかく、このプランはこの線でお願いするわね。ご苦労様」

締めくくりにくっきりと作り笑顔を見せた克子は、さっさと事務室を出ていった。

あとに残された緑川は、いきなり結婚オーケーを保証されてぽかんとしている。

当然だろう。今のは麻美に向けたゴーサインなのだ。緑川には、彼女はいない。

ならば、どう攻めるか。悩ましいなあ。

麻美の知っている限り、合コンに積極的に来るような男は好みがはっきりしている。

それも、かなりステレオタイプだ。好きなタイプを訊かれると、即座にタレントや女優の名前をあげるのがその証拠だ。

緑川のような合コン嫌いは逆に、外見にはだまされない。だから「好きなタイプ」を訊かれても、答えられない。しかし、どこかにツボがあるはずなのだ。女の勘で、それだけはわかる。そのツボがどこにあるのか、このままでは情報不足。

ああ、切ないわ！

そのとき、パソコンに克子からの社内メールが。

開けてみると、高畠由紀の画像にコメントがついていた。

『人の紹介で話だけ聞きに来るというスタンス。即日会員登録に持ち込むこと』

即日登録って、そんな……。つい、弱気と「それって悪徳商法」的不安が立ち上る。だが、大事なのは人より自分。考えるのは緑川ゲットのことだけ。それ以外は知ーらないっと。

4

高畠由紀がやってきたのは、土曜日の午後だった。

『真婚』の会員は正社員が多いので、ミーティングは週末、あるいは夕刻が多いと教えられていた。当初、休日出勤は特別手当が出る、みたいなことを言われた気がするが、給与体系についてはどうやら、克子の胸三寸っぽい。

どちらにしろ、金銭面についてはもともと、期待できるレベルではなかった。麻美は、自分の最優先課題が結婚であることを、何度も自身に言い聞かせなければならないのだ。いい給料を求めてよそに転職したんじゃ、目標がズレる。緑川とも遠くなる。

さて、高畠由紀である。

顔立ちは普通だが、直接会ったときの印象は「強気」で彩られている。物言いがキビキビしており、所長室のソファに腰掛けて、三分もしないうちに脚を組んだ。

プロポーションは、そこそこ、いい。ダイエットに気をつけていることがうかがわれる。

着ているものは国内の中流ブランドだが、いわゆる「きちんと感」みなぎるスーツである。しかし、バッグがボッテガ・ヴェネタ、時計と指輪とイヤリングがカルティエ、靴はグッチと金をかけているのがありあり。

「自分へのご褒美で買った」そうだ。

「ブランドだからじゃなく、デザインが好きだから。わたしはブランド志向じゃないですよ。質のいいものを身につけたいだけ。それに、バッグや時計は一生ものだし」

ああ、これってブランド好きが一番よく使う言い訳。

貧乏ゆえにカの字もグの字も目の毒の麻美は、早くも由紀に反感を覚える。大体、真婚に足を運んだ経緯さえ、言い訳がましいのだ。

「結婚願望もねえ、さほど強くなかったんですよ。でも」

行きつけのゲイバー『ミルキーママ』の経営者に、真婚を勧められたのだそうだ。

「ミルキーママがね、わたしは本当は弱虫の寂しがり屋なのに強がってばかりで、自分で自分の首を絞めてるって言うんですよ。で、子供を産めるギリギリの年なんだから、無理にでも結婚しろって。わたし、ミルキーママとは十年来の付き合いで、いろいろ相談に乗ってもらってましてね。わたしの最大の理解者なんです。だから、背中を押されたっていうか」

ゲイの紹介？

誰との線？　克子かな。ありそうだが。

対応メンバーとして、今回は敏江ではなく都丸がいる。ただし、由紀が一人で上座のソファに座り、克子と都丸が並んで対面する位置取りだ。麻美は克子の背後のパイプ椅子で、ノートとボールペンを持って待機の体勢だが、実は何をすればいいのか、わからない。

今回は克子か都丸が話を振ったときのみ、答えるように言われている。ノートとボールペンは、とりあえず何かしている振りをしないともたないので、話の展開を書き留めようと自分で用意した。女性相手の対応は初めてなので、勉強の意味もある。少ない報酬を思うと、この健気《けなげ》な学習姿勢をほめていただきたい。

麻美を紹介するにあたり、「うちのスタッフですが、どうぞ、お気になさらないように」と、都丸が言った。

そのとき、由紀が飛ばした視線にトゲがあったので、麻美はなるべく気配を消そうと思った。

こういうニュースキャスターもどきのスタイルを作る女には、お天気お姉さんタイプの麻美は嫌われるのだ。それは経験でわかっている。

居づらいなあ。でも、これも仕事だ。

自分に言い聞かせ、由紀の自分語りに耳を傾けた。

「でも、このまま、一人でもいいかなとも思ってるんですよ。だって、結婚のための結婚をして後悔するの、イヤだし。譲れない自分ってものがあるんですよね。ミルキーママは、そこをこじらせたら大変なことになるって脅すんですけど」

由紀はケラケラ笑った。神経が高ぶっているようだ。婚活する自分に照れているのかな。だろうな。三十五だし。って、他人事みたいな顔してる場合か？

麻美は三十、すぐに三十一。明日は我が身でございます。

とっくに非婚を決め込んだらしき克子は、あくまでビジネスライクに「そうですか。では」と、タブレットを取り出し、操作した画面を見せた。

今度はテーブルに載せたので、少し伸び上がれば麻美にも見える。

十人の男の顔が一覧できる。玉石混淆《ぎょくせきこんこう》。つまり上玉も、あるにはある。

これも広告？

「この人たちが、おたくの会員？」

「はい。ほんの一例ですが、この中に高畠様が会ってみたいとお思いの方がいそうでしょうか」

「いたら、会員になれってことね」

由紀が目を上げ、からかうように言った。

「そうでございますね」

克子が無表情に肯定すると、由紀は含み笑いをした。

「今、この人がいいってわたしが言っても、詳しいことは何も教えてくれないんでしょ。この先が知りたければ、会員になれ、よね。そういうことでしょ」

見透かすようなことを言う。可愛くない女だな。こんなの、縁遠くなるのが当たり前よ。という内心を押し隠すため、麻美は下を向いた。なにしろ女が相手となると、思ったことがぽろっと顔に出るもので。

「今の段階では、名前と連絡先は伏せさせていただきますが、ご職業と、ざっとした人となりはお話しできますよ。たとえば、どなたがお目に留まりました？」

克子はびくともしない。都丸もニコニコと落ち着き払っている。

由紀は「うーん、そうねえ」と、組んだ膝の上に頬杖《ほおづえ》をつき、いかにも冷やかし風にさらっと視線を流した。

「この人、どういう人？」

克子は素早く、指さされた男をアップにした。若くて、イケメンタレント風のヘアスタイルに小顔だ。

「その方は三十二歳。ご職業はフィットネス・トレーナーですね」

都丸がファイルをめくって、言った。その瞬間に麻美は、これは広告塔だと思った。

だが、都丸は続けて「この方でよろしいですか？」と、軽く念を押した。え、実在する登録者なの？

都丸はおっとりと続けた。

「この方はＤＶで収監された過去がありまして、今、怒りを抑える会に入ってカウンセリング中ですが」

「そんな人が会員登録してるの⁉」

由紀の仰天は、麻美も同感。そんなの、聞いてないよ！

「この方は」

克子が冷静に、口を挟んだ。

「立ち直るのを手助けしてくれる女性と結婚したいと望んでおいでです」

「DV、治ったの？」

「まだ治療中です」

「――わたしには、立ち直りを手助けするような余裕、ありません」

「それでは、元に戻りまして」

克子の操作で一覧画面に戻った。

由紀は今度は真剣に画面を見て、選び直した。

眼鏡《めがね》をかけ、前髪を後ろになでつけたスーツ姿の「きちんと感」ばっちりの男。三十七歳。地方公務員。ただし、女子高生の盗撮で告発され、懲戒免職された。本人は現在、求職中。妻が申し立てた離婚が成立しており深く反省もしていると、母親が『真婚』に登録。

都丸の事務的な解説に、由紀は怒りをあらわにした。

「あのねえ。わたしをからかってるの？」

「私どもは」と、毅然《きぜん》と切り返したのは克子だ。

「やむを得ず、会員様をご不快にさせることがございますが、からかうなど、とんでもございません。あくまで、会員様といいご縁で結ばれるお相手を探し出したいと望んでおります」

「だったら、なんで、ＤＶだの盗撮だのを紹介するのよ」

「まだ、高畠様は会員登録なさっていません。従って、紹介という言葉は当たりません。私どもは会員様の一部を参考としてお見せしただけです。それに、私どもが高畠様のお相手を見つける気持ちになれるかどうかのテストでもございました。私どもは誰かれ構わず登録させて、利潤を得ようとする業者ではありませんので」

え、それって……。またまた、表と裏のギャップが。

だけど、最初から高飛車に出たんじゃ、この女は会員にならないよ。

「それ、どういう意味よ」

はたして、由紀は気色ばんだ。

「まあまあ、高畠様」と、都丸がとりなした。

「うちの所長はこんな風にはっきりものを言う、働く女の典型でしてね。とうとう、結婚できませんでした。ですから、頑張り屋であるがゆえに結婚という幸せをつかみそこねているワーキングウーマンの方には、自分と同じ間違いをしてほしくないという熱心さから、つい、厳しく当たりがちでございまして。いや、わたしも男の目から見て、高畠様の女性としての魅力が表に出てこないことが、なんとももったいなくてなりません」

なるほど。女性相手の場合は、都丸が敏江の役割を演じるのか。

都丸が、女心をチラともそそらないおじさんであるところが絶妙かもしれない。いい男では、女性会員の気持ちがそっちに流れてしまう。しかし、「男の目線」は説得材料としては必須だ。

「それにしても、こういうやり方はちょっと乱暴じゃないかしら」

文句をつけながらも、由紀の攻撃態勢はかなりゆるんだ。

「確かに乱暴です。幾重にもお詫《わ》びいたします」

克子は膝の上で両手を揃え、深々と頭を下げた。そして、顔をあげるや「ですが」と続けた。

「高畠様がこの二人をお選びになった理由を、お聞かせ願えますか？」

「それは――いいなと思ったからよ」

「好きなタイプの顔立ちということではありませんか？」

「それはそうだけど。でも、そこで選ぶのが普通でしょ。ねえ」

と、由紀が同意を求めた先は麻美である。

「え」

克子か都丸が話を振ったときのみ答えろとしか、言われてない。この場合、どう動くのが正解なのか。

麻美は急いで、克子の顔色を読もうとしたが、克子は背中を向けたままだ。代わりに都丸が振り返り、「きみ、お答えしなさい」と命じた。

「はい。あの、タイプかそうでないかは確かに大きな要素ですが……」

とりあえず、得意の曖昧笑顔と結論保留でごまかした。すると、克子が「外見だけが判断材料なら、それで選別するのは当然です」

理路整然と答えられるのが、克子の強みである。いい悪いは別にして、説得力は十分にある。

由紀は不満げながら、克子に視線を戻した。

「ですが、外見だけで中身まで見通すのは至難のわざであることは、高畠様ほどの方なら、ご存じでしょう。わかってはいても、たくさんの選択肢を与えられれば、まず外見で選別するのが人情というものです。私どもに登録なされば、中身重視でご紹介申し上げますが、それでも、外見が気に入らなければその時点でスルーするということが、ありがちです。そこで、あえてお伺いします。高畠様は、ご自分の男を見る目に頼って間違いはないと言い切れますか？」

由紀は目を見張ったが、唇を固く閉じた。

この質問に、胸を張って「はい」と答えられる女って、いるのか？

心当たりがあるだけに、痛いわ。

「私は、見る目がありませんでした」

克子が静かに言った。あらま、そうなの。

「それで、数々の間違いをおかしました」

「それは、わたしだって」

由紀が呟いた。

そりゃ、そうよね。男選びに失敗したことがない、なんて平気で言う女がいたら、市中引き回しのうえ、ハリツケ獄門よ！

「その挙げ句」と、克子は続けた。

「妻となり母となる機会を失いました。女として、私は半端者です。情けなく思っております」

すっとうつむく。これって、本音？　ていうか、この人、バツイチじゃなかった？

「でも、まだ、あきらめること、ないんじゃない？」

由紀が言った。

あきらめる、じゃなく、もう結婚する気はないって言ってたんだよ、この人。

おっと、いけない。顔に出るから、疑問は後まわし。とにかく克子は、「お言葉、いたみいります」と慎《つつ》ましく頭を下げている。

麻美には背中しか見えないが、心なしか、悲しげな風情がうなじあたりに漂っているような……。

孤独なシングルであるのは間違いないんだし、言っていることは正しい感じだし。ま、いいか。麻美は一人で拳を固め、自分を叱咤《しった》した。

由紀を会員登録させるのがミッション。そして、わたしはそのためにここにいるのだよ。それを忘れるな。ボヤボヤしている間に、ほら、克子は先に進んでいるではないか。

「高畠様、先ほど、おっしゃいましたね。譲れない自分があると」

「……ええ」

「私もそうです。いえ、それ以上です。私は百パーセント譲れない性分で、それを改めることもできません。改めたいのは山々ですが、根性曲がりがここまでこじれてしまうと、もう、どうしようもなくて」

「どうしようもないと決め込んでしまうのが、また、譲れない性分のせいでしてね」

都丸が横から口を出した。麻美は頷いた。譲れないんじゃなくて、譲らない女であることは、よく知っておりますからね。

「自分を譲れない人間は、愛されません」

克子が自嘲気味に言った。

「そんな人間は誰にも愛されません」と、言葉を重ねるものだから、説得力も二倍増し。

押し黙り、まじまじと克子を見つめるだけの由紀に、克子は正面切って問いかけた。

「高畠様は、愛されたいですか？」

また、そんな、あまりにもストレートな。

「そ、そりゃ、そうですよ」

「当然です」

都丸が力強く頷いた。

「高畠様は十分、愛される方です。ですが、それが男に伝わらない。いやー、もったいない」

由紀の目が泳いでいる。動揺しまくっている。

克子のほうは目を据えて、由紀にズドンと言った。

「高畠様、もう一度、ご自分の胸に問いかけてみてください。あなたは、愛し愛されるお相手と巡り合って、結婚したいですか？」

この質問にノーと答える女がいるのか⁉

いないでしょ。でも、すぐにイエスとも言えない。由紀はぐっと詰まったままだ。

ほら、こんな風だから、結婚できないのよね――って、他人事じゃないでしょ、麻美。

克子は背筋を伸ばし、タブレットをケースに収納した。そして、言った。

「もし、この質問にすぐにイエスと答えられない心境なら、それは結婚する気がないのも同然と存じます。結婚は、する気がなければできません。縁は呼び寄せるものです。求めよ、さらば与えられんと聖書にあります。逆に言えば、求めない者には与えられないのです。お互い、時間を無駄にするのはよしましょう」

「そうですね」

都丸も頷いて、ファイルを閉じた。撤退の雰囲気である。

えと。ちょっと、待ってよ。会員登録なしでは帰さないんでしょ。

それとも、無理ならさっさと撤退？　これも効率重視だから？

「ちょっと待ってよ。わたし、まだ、何も言ってませんよ」

由紀がほんの少し、不愉快そうに引き留めた。

「考える時間、くださいよ」

「考える時間は十分すぎるほど、あったはずですよ」

克子はこれでもう終わりとばかり、立ち上がった。その姿勢から由紀を見下ろして、
あっさり言った。

「失礼ですが、三十五歳でらっしゃいますね。高畠様ほどの賢い方が、この期に及んで、
まだ、考えなければ答えが出ませんか？」

わ、きつい。

麻美は自分が言われたかのように、首をすくめた。

「私どもは結婚仲介業者です。業者を相手に本音を出せないようでは、高畠様は私のよ
うな、愛されない、孤独な、情けない女になるしかありませんわ」

由紀は腰が抜けたように、ソファにへたりこんでいる。そこから、呆然と克子を見上げた。

克子の眼差しは、麻美にはもはやお馴染《なじ》みの冷酷で意地悪な色に変わっていた。

気取ってんじゃないわよ。結婚したきゃ、さっさと、頭をお下げ！

その目は、そう言っていた。

いやあ、たまらんです。

4　プライドは捨てるに限る

1

きついパンチを食らってへたり込んだかに見えた高畠由紀だが、涙が滲みそうになった目に、すぐに怒りの炎がともった。

反撃すべく姿勢を立て直した刹那《せつな》、克子がすっとソファに座って、由紀の目をのぞき込んだ。

「私どもは、あなたの敵ではありませんよ、高畠様。プライドの高い人ほど、周囲の人間を敵と味方の二種類に分けてしまいがちです。そして、味方を敵に回す間違いをおかし、結果的に孤立する。私の言っていること、おわかりになりますね。あなた、ちょっと」

と、克子は由紀を見つめたまま、いきなり声の調子を変えた。

「高畠様に冷たいお茶を差し上げて」

これは麻美への命令である。

「はい！」

勢いよく答えすぎたのを反省しつつ、何食わぬ顔で冷蔵庫を開けてみると、緑茶のペットボトルと切り子のグラスが入っていた。

グラスは三つしかない。冷蔵庫の上にポツンと置かれた安っぽいコップが、どうやら麻美の分らしい。

グラスにお茶をいれて運ぶと、都丸もソファに腰を落ち着け、先ほどまでの撤退モードなどなかったかのようだ。

由紀はというと、なんとか怒りを収めたようだが、それこそプライドを保つためのポーズだろう苦笑を浮かべた。

「ミルキーママにヘンな業者だとは聞いてたけど、まさか、喧嘩《けんか》売られるとは思わなかったわ」

「度重なる失礼、お詫びいたします」

克子が言うと、都丸も一緒になって深々と頭を下げた。お茶を配り終えた麻美もあわてて、立ったまま神妙にお辞儀をした。そして、そそくさと控えの席に戻る。

「一服しながら、もう少し、お話をしたいと存じますが、よろしいですか？」

克子は柔らかく訊いた。へりくだった物腰は、さっきとは別人のよう。このハイスピード切り替えには、麻美も舌を巻くばかりだ。高速レスポンス機能搭載のマシンみたいな人ね。

由紀は冷たい緑茶をぐっと飲んで、小さく息をついた。

「いいわ。どうせ、今日の午後はこのために使うと決めてたし」

いちいち、理由付けが口をつくところがいけすかない。いくらきれいでも、こういう理屈っぽい女はモテないのよね。もっと、きついこと言ってやればいいのよ。と、麻美は克子を応援してしまう。

さて、克子はというと少し前屈《まえかが》みの、相手を思いやってます風の姿勢で話しかけた。

「あらためて、おうかがいします。高畠様は結婚願望はとくにないとおっしゃいましたが、こんな結婚ならしてもいいなと思われる理想像のようなものは、ございませんか？」

「うーん、それはねえ、ないこともない」

質問が気に入ったらしく、由紀はリラックスした姿勢で目を天に向けた。

「今の天皇陛下と美智子様。お互いにいたわり合ってらっしゃるのが、よくわかるじゃない？」

「本当に」

克子は慎ましく頷いて、共感を示した。

「共白髪という表現がピッタリですわね。いろいろなご苦労をお二人で乗り越えてらした歴史が感じられます」

「でしょ？　あんな夫婦になれるなら、結婚したい。一人でも生きられるけど、二人で力を合わせて生きていける相手がいれば、そうしたい」

ええ、ええ。みんな、そう思って婚活してるんですよね。でも、天皇、皇后両陛下はねえ、ハードル高すぎません？　と、麻美は思った。

もっと、身の丈に合ったイメージってものを考えたほうがいいんじゃない？　大体、あんた、美智子様ほどの人格と忍耐力、あるの？

麻美の内なる突っ込みに反応したかのごとく、克子が言った。

「おっしゃりたいことはわかりますが、もう少し、ご自分の本音と向き合ってください。寂しいのがイヤだからとか、生活の安定を求めて結婚したいという部分はありませんか？」

おー、そりゃまた、あまりにも身も蓋もない言いようだこと。ま、本音だけどね。けど、婚活業者に言われたくないわよね。

克子はさすがに、すぐに言葉を継いだ。

「そうお考えになるのは、恥ずかしいことではありませんよ。シングルより家族がいたほうが老後を考えると安心という目的で結婚するのは、むしろスタンダードといえます。結婚というのは、社会的セーフティーネットですから」

あっと、今の言葉、ちょっと難しい。というか、セーフティーネットだなんて、ヤな感じね。

麻美がそう思うくらいだから、由紀は鼻白んだ。

「便利とか安心とか、そういうことで結婚を考えたくないわ。人生を共に過ごす伴侶、ベターハーフ、そういう人がいてほしいと心から願ってる。わたし……」

由紀はややうつむいて、口ごもった。

「さっき、あなたにいろいろ言われたみたいに欠点の多い人間よ。すぐ、カッとなるし。こんな風じゃいけないと、反省はしてる。できれば、穏やかな人間関係を築いていけるように、人としてのキャパを広げたいと思ってる」

「それには、高畠様の心のガードをゆるめてくれる誰かが必要ですね」

克子がそっと言った。由紀は目をしばたたいた。克子は慈母のように優しく（信じられないが、そう見えたのだ。麻美、驚愕《きょうがく》）微笑んだ。

「自分の一番の敵は、自分です。そうお思いになるでしょう？　自縄自縛という言葉がございますように、頭のいい人ほどセルフ・コントロールするつもりで、自分を不自由にしているものです。高畠様は無意識のうちに、人を変えるのはよき出会いだけだと、わかっていらっしゃる」

そこで克子は口を閉じ、しずしずとお茶を飲んだ。由紀が今の言葉を反芻《はんすう》するための時間なのだろう。というのは、麻美がそうしているからだ。

人を変えるのは、よき出会いだけ。

そうよね。だから、みんな、出会いを求めているのよ。ずーっと、ずーっと、ずーっと。

「私どもは、よき出会いのお手伝いを使命とする者でございます」

克子は祭壇に玉串を捧げる巫女《みこ》のように、厳かに頭を下げた。そして顔をあげると、これ以上ないくらい冴《さ》え冴《ざ》えとした面持ちで言った。

「いかがでしょう。高畠様がどのような方と出会いたいと思っておいでか、くわしくお聞かせいただく段階に移っても、よろしいですか？」

由紀は困惑の眼差しを克子に向けた。

「あのさ、それって、一番初めに訊くべきことじゃない？」

そうよね。麻美もそう思った。だが。

「いいえ」と、克子は涼しい顔で否定した。

「それは正式登録をなさったあとのことでございますよ。それが、この業界の通例です。ですが、私どもでは、登録なさる前におうかがいしております。明確なヴィジョンをお持ちでない方は、登録なさっても結局は無駄にお見合いを繰り返すだけになってしまいますから。そうやって、ダラダラといつまでも会費を払い続ける方は他の業者にとってはおいしい獲物でしょうけど、私どもは」

克子は品よく、首を振った。

「結婚に対して真剣になれない未熟な方を、私どもの会員様にご紹介したくありません。高畠様は、結婚願望はないとおっしゃいました。そして、この世には結婚する必要のない人、あるいは結婚にふさわしくない人がいます。ですから、入会金をお支払いいただく前に、ご自分で今一度、本当はどうしたいのかを判断していただきたいと存じまして、まわりくどいようですが、独自の手順を踏んでおります」

結婚する必要がない、はともかく、ふさわしくない、なんて言われたくないよね。物腰は丁寧だけど、内容はきついよなあ。

結婚にふさわしくない人は、確かにいる。それは克子だ。と、麻美は思った。

由紀は咳払《せきばら》いをした。もって、内心のムカつきを抑えようとしたらしい。

「――わかりました。で、何をどう話せばいいのかしら？」

「私が質問いたしますので、それに端的にお答えください」

と言ったのは、黒縁の眼鏡をかけてファイルを構えた都丸だった。

2

眼鏡をかけると、誰でも賢そうに見える。よく言われることだが、当たっている。普段、そらぞらしいまでの明るさがテレビショッピングのデモンストレーターを思わせる都丸も、しゃれっ気のない眼鏡のせいですこぶる真面目に見える。

そして、事務的な口調で質問を繰り出した。

「高畠様が共白髪を望むお相手を私どもが探すにあたり、いの一番にあげたい条件は、人格、経済力のうちのどちらでしょう」

「まずは、人格ね」

由紀は即答した。

そりゃ、そう言うわよね。

単純な選択肢で気楽になったのか、由紀は気を取り直したようにハキハキと言葉を継いだ。

「心優しく、真面目で誠実。これ、基本」

「経済力はどうですか？」

都丸はボールペンを走らせながら、機械的にたたみかける。

「それはまあ、わたしも働くから、そこそこでいいわ」

「そこそこと言いますと？」

「それは、人並みというか」

由紀は答えに詰まった。克子がすかさず、口を挟む。

「高畠様、そこそことか人並みという曖昧な表現は、この際、役に立ちません」

「ことに、人並みというのはねえ」

都丸が、いつもの彼らしい馴れ馴れしさで差し出口をした。

「この不況ですからねえ。年収六百万レベルでも、独身者の比率はぐっと下がります。五十代で再婚希望者ですと、収入面ではかなり上がりますが」

「金額は問題じゃないわ」

由紀はきっぱりと答えた。

「一番大事なのは、真面目に働く人。労働意欲のない人はイヤ。そこは、はっきりしてる。だから、むしろ、数字にこだわりたくない」

自らの切り返しに満足したらしく、由紀は胸を張った。

わたしは拝金主義者じゃないわよ。そう言いたいらしい。

「そうですか」

都丸はあっさり、受け流した。

「では、経済力はお相手を査定する際のポイントにはならないと考えて、よろしいですか」

「それは、その、限度はあるけど。でも、労働意欲のある人で収入が最低レベルってことは、考えにくいでしょう？」

微妙な修正が入った。当たり前よね。なんだかんだ言っても、ちゃんと稼いでくれないと、結婚生活が成り立たないわよ。

「でしたら」

都丸は指先で眼鏡のズレ落ちを直しつつ、淡々と続けた。

「芸術方面や学術方面の方ですと、年収三百万。あるいはそれ以下の場合がありますから、そのような方はお断りということで」

「あ、そういう志を持って頑張ってる人は、別」

ちょっと待ってと言うように、由紀は右手をあげた。

「尊敬できる人なら、わたし、支えていけると思う」

「わかりました。お相手次第ということですね」

都丸はいかにも何か書き込んでいるような動作をした。のぞき込みたいのだが、麻美の位置からでは彼の背中が壁となっている。

「年齢は、制限なしですか？」

「あんまり上は困るわね。結婚したらすぐ介護、みたいなのはねえ」

「では、五十前後までは可と」

「あの、できれば」

珍しく、由紀が口ごもった。そして、やや頬を赤らめて言い添えた。

「四十代までが望ましいんだけど」

あら、恥ずかしがるなんて、少しは可愛いところがあるのね。麻美は上から目線でほくそ笑んだ。

第三者として、他人の心の内をのぞく立場って、気持ちいいもんだわね。

「わかりました。四十代までですね」

都丸は事務的に復唱して、ファイルに書き付ける仕草。こういうときは、相手の顔を見ないのがルールね、多分。その証拠に、都丸は目を上げるやいなや、次の質問に移った。

「学歴や職業は」

「それはもう、まともな仕事している人なら、何だっていい。わたしは肩書きとか一部上場とか、そういうことにはこだわらない」

ほんとかしらね、これだけブランド固めしておいて。

こういう「中身重視」を強調するのって、嘘っぽいよね。いざとなったら、学歴や会社の格を気にするに決まってるのに。だって、誰だって、そうだもの。

でも、この女は本当に「何だっていい」状況にいるのかもしれない。

こだわってたら、結婚しそこねる。それも事実。

他人事じゃない、と、麻美は自分に言い聞かせようと思ったが、そもそも自分には相手のステータスを査定する秤《はかり》がないことを思い出した。

恋愛体質なものですから。ホッホッホ——って、得意になってる場合じゃないのよ。好きになったら、中身が見えなくなる。これはこれで、問題よ。

背中に目がある克子の咳払いで、麻美は我に返った。

そりゃ、何かにつけ、自分に引き寄せて考えにふけってしまうけど、ほんの一、二秒のことじゃない。麻美は座り直しながら、唇を尖らせた。

都丸はファイルにざっと目を走らせ、しかつめらしく言った。

「わかりました。質問は以上ですが、高畠様としてこれだけは欠かせないという事柄は、ございませんか？」

「それは」

由紀は目を宙に向けて、しばし考えた。

「やっぱり、人柄。誠実で、嘘をつかない人。尊敬できる人」

「よく、わかります」と応じたのは、克子だ。

「私どもの会員様は、誠実という点では折り紙付きです。高畠様が今、体験なさっているようなやや厳しい話し合いを通して、私どもが選び抜いた方々ばかりでございます。ですから、問題は相性、この一点に尽きます」

「それはもちろん、そうよ。波長が合う人。言わずもがなのことだから、わざわざ言葉にしなかったけど」

由紀は威張った。

相性のよさ。

それさえあれば、どんな障害も乗り越えられる。

あらゆる条件を飛び越えて結びつく相性の不思議。誰もが、それを願ってる。なのに、出会えない。

だから、婚活業者に頼るようになるのよね。でもさ、と、自分を振り返って、麻美は思った。

相性のいい人を好きになるとは限らない。

婚約までした聡も、その婚約を吹っ飛ばした鮫島も、相性という点ではどうだったのか、麻美にはよくわからない。

趣味が一致したとか、会話がいくらでも続いたとか、存在が空気のように自然とか、そんなことはなかった。

それどころか、三十歳まで生きてきて、けっこうお付き合いもこなしてきたのに、あの人とは相性がよかったと思い出せる彼氏が一人もいない。

すごく楽しかった時間はあったよ。そうでなければ、付き合ったりしない。でも、次第にすれ違っていって、終わった。

鮫島の場合は、とにかく大好きで大好きでドキドキしっ放しで、空気のような存在なんかではなかった。今考えると、麻美は鮫島に愛されたい一心で、いろいろ無理をしていた気がする。自分が自分じゃなかったような……。

多分、それが恋の醍醐味《だいごみ》なのだろう。

でも、結婚となると別だよな。麻美はそう認識するまでに成長した。

相性がいい人って、きっと、一緒にいてもドキドキなんかしない人だ。ホッとするって感じかな。

それ、いいねえ。一番、いい。でも、本当に、そんな相手って、いるのだろうか。

相性って、なに？　生まれながらに決まっているの？　そして出会えたら、磁石が引き合うように、自然にピタッとくっついていくものなのだろうか。

麻美の疑問をよそに、克子は話を進めている。

「高畠様のお言葉通り、人間がそれぞれ独自の波長を持っていることは、生物学的に証明されている事実ですわ」

え、そうなの？

「ですから、条件は揃っていても、波長の合う相手かどうかは、生身で向かい合わなければわからない。そこが出発点ですわね」

「――だから、わたし、ここに来てるんじゃない」

由紀は不服そうに唇を尖らせた。

「おたく、ほんとにまわりくどいわね」

「失礼いたしました。高畠様の本心を二重三重に確認したいがために、お時間をとらせていただきました」

克子はまた、深々と頭を下げた。

「結婚となると、条件が最優先という方もいらっしゃいます。それがほとんどと言っても過言ではありません。ですが、中にはロマンティックなきれい事で、それを隠そうとなさる方もおいでなのです。けれど高畠様は、そうではない。とても正直で率直で言葉に裏表がない方だと、よくわかりました」

微笑み付きでほめられて、由紀が気をよくしたのが明らかにわかった。正直というか、わかりやすい女。

由紀の気が緩んだところで、克子はドカンと言った。

「いい結婚のできる方だと感服いたしましたので、ぜひ、お手伝いさせていただきたいと存じます。今すぐ登録なされば、この場で、この瞬間から、お相手探しに取りかかれますが、いかがでしょう」

お、来たぞ。登録なしでは帰さない作戦がようやく姿を現した。

麻美は身を乗り出した。

「それは、だって、今日は説明を聞くだけってことだったでしょう」

由紀は及び腰だ。

「早いに越したことはございませんでしょう。出産をお望みでしたら、なおさらです。それに」

と、克子はもはや、高圧的な面持ちに戻っている。

「私どもに登録なさっている会員様は、みなさん、できるだけ早く結婚したいと望んでおいでの真剣な方々ばかりです。ですので、いい方となると……」

「早い者勝ちでしてね」

都丸が、先を引き取った。

「下世話な言い方で申し訳ありませんが、こういうことははっきりお伝えしたほうがいいと存じますんで。結婚というのはね、高畠様、勢いなんでございますよ。スタートダッシュが勝負を分けるんです」

「ちょっと待ってよ。そんな風に契約を急がせるのって、感じがよくないわ」

わたしもそう思います。麻美は内心で、同意した。

ほんと、悪徳商法っぽいよね、これって。

克子は表情を変えず、またタブレットをテーブルに置いた。画像が出ており、乗り出せば、麻美にも見えた。

入江の顔だ。

由紀は鼻を鳴らす。

克子は無言で、さっと指を走らせた。すると、クルリと次の男が現れた。

眼鏡をかけた四十代くらいの男だ。やや硬い表情で、これといった特徴のない顔立ちが、入江のあとではすごくよく見える。とても真面目で、賢そうだ。

由紀が思わずといった体で、じっと見つめた。すかさず、克子が言った。

「この方は登録して間もない方ですが、すでに三人の方からお見合いの申し込みをいただいております」

由紀は、克子の表情を読もうとするように、訝しげな上目遣いをした。

「……また、何か重大な欠点があるんじゃないの？」

「離婚経験者で、今度こそ結婚生活をまっとうしたいと願っておいでです」

「離婚の理由は？」

「それは、申し上げられません。ですが、DVとかギャンブル依存症とか、そのような反社会的な性癖とは無縁の方だということは保証いたします」

由紀は再び、画像に目を戻して考え込んだ。どうやら、好みに合ったらしい。

一方、麻美も考え込んだ。

なにしろ、麻美をひっかけの道具に使った克子だ。この男だって、おとりの可能性大。

だけど、と、麻美は思い直す。

わたしだって、『真婚』のスタッフだ。こっちサイドで考えなくちゃ。

第一、向こうからアプローチしてきたんだから、即登録というのは普通よ。エステだってスマホだって、そうじゃない。悪徳商法なんかじゃない。正しいビジネスよ。

そうと決まれば、登録なしでは帰さないわよ。その気で、目に力を込めて、念を送った。登録しろ。登録しろ。

ところが、由紀はまだ迷っている。

あんた、そんなだから、結婚できないのよ！

そう言ってやりたい。

イライラしていると、なんと、克子がいきなり「申し訳ありません！」と謝った。

え、何が？

「本来なら、未登録の方にこのように会員様をご紹介するようなことはいたしません。私どものプライバシー・ポリシーに反しますから。ですが、今日、高畠様と話し合っていく中で、この方のことが頭に浮かびまして、お似合いのように思えたものですから、つい、先走りました。でも、これはいけません」

克子はさっとタブレットを回収した。そして、恥ずかしくてたまらないというように、弱々しい声で続けた。

「私のミスでございます。どうぞ、忘れてください」

克子はうなだれ、しおれきっている。嘘みたい。こんなところ、見たことがない。

「いやはや、まことにもって申し訳ない」

都丸が泰然と頭を下げた。

「所長は本来、こんなことはしない人間なのですよ。でもね、高畠様。実を言いますと、この方は明日、第一回目のお見合いをなさいます。それで、決まってしまうかもしれません。いや、それがうちの業務ですから、それでいいのですが、もしも、高畠様がお会いになりたければ、この方が明日お会いになる会員様を気に入られたとしても、私どもで、もう少しお考えになるように示唆することもできるものですから、つい、お節介をしてしまったのです。許してやってください。親身になり過ぎるのが、所長の欠点でして」

えーと、えーと。麻美は、都丸がスルスルと繰り出した長広舌《ちょうこうぜつ》のあとを追った。

明日、お見合い？

聞いてないぞ。もっとも、麻美は『真婚』の業務について聞いてないことだらけなのだが。

克子はなおも後悔しきりのごとく唇をかんでいたが、「登録に関しては、どうぞ、十分にお考えになってください」と、またしても撤退モードで立ち上がりかけた。

「では、本日はこれで」

由紀が重々しく引き留めた。

「ちょっと待って」

「ミルキーママの紹介なのに、疑ったりして悪かったわ。いろいろ言われているうちに混乱してしまって」

「いえ、私の態度がいけませんでした」

克子は殊勝だ。

「どうか、よくお考えになってお決めください」

なんか、言ってることが違うんですけど。一回目の撤退モードのとき、「そんなに考えないと答えが出せないのか」とか、かましてたよね。

由紀は肩をすくめた。

「考えても、同じだと思う。だから、いいわ。カード払いでいいんでしょ？」

さばさばと言い切る。自分の意志で決めたという形が整えば、気がすむらしい。

「もちろんです」

いそいそと答えたのは、都丸だ。

「退会も随時、可能でございますよ」

するっと眼鏡を取ると、いつもの厚顔な詐欺師っぽい雰囲気があふれ出す。

バッグから財布を取り出しながらも、由紀は「ま、ミルキーママの顔も立てなきゃ、だし」と、体面を保つための申し立てに余念がない。

3

入会書類各種を都丸が持っていたファイルから出して、署名させた。克子が自分のデスクからカード決済端末を持ってきて、その場で支払い処理をさせた。

この流れはどう見ても、アヤしい。あっという間に、二十万円近い入金である。

その間に、麻美は克子に命じられてデスクの一番大きな引き出しに入っていた『おもてなしセット』（熱湯入りポット、茶筒、急須、菓子入れ）で熱い緑茶をいれ、生八つ橋を添えて出した（麻美の分は、無論、ない）。

一息入れたところで、「では、早速」と克子が見せたタブレットの画像は、またしても入江なのである。

はたして、由紀は目を吊《つ》り上げた。

「さっきの人じゃないの？」

「この方は真面目で誠実という高畠様のご要望においてベストと、私どもが自信を持ってご紹介できる方ですので、ご覧いただいております。先ほどの方は、ランクとしては二番目でございました。高畠様、今一度、外見だけの印象で決めてはいけないということを思い出してください」

由紀は唇をすぼめた。

「わかってるわよ」

「では、先ほどの方のプロフィールをお見せします」

今度は画像の横に、プロフィール画面が現れた。といっても、書かれている情報は短い。

勝浦《かつうら》朔《はじめ》、四十二歳。鉄鋼商社勤務。離婚歴あり。持ち家あり。子供なし。

「これだけ？」

由紀は不満をあらわにした。高い入会金払わせておいて、と、顔に書いてある。

「基本情報は、これだけで十分でございましょう？」

克子はすまして答えた。

「人となりに関しては、私どもが話し合いを重ねて把握しております。ですから、口頭で質問にお答えすることはできます。しかしながら、先ほど高畠様ご自身がおっしゃったように、波長、相性というものは、本人同士が面と向かわないことにはわかりませんから、文字情報にあまり意味はないと存じまして」

由紀は口をつぐみ、ややあって「じゃあ」と言った。

「離婚の理由は？」

「ご本人が仕事中心で家庭を顧みなかったためということで、大変、反省なさってます」

克子は間髪をいれず答えた。都丸は横で、うんうんと頷くだけだ。このあたりの役割分担が、麻美にはまだ読めない。第一、自分は何のために、ここにいるのか？　あ、そうか。客あしらいの研修か。今のところ、単にメイドをやらされてるだけだが。

「ですから、今後はプライベートライフを充実させる方向に舵《かじ》を切りたいともおっしゃってます。それも一人ではなく、夫婦という単位で考えたいと」

「それ、賛成」

由紀は熱心に言った。

「それに、わたしも働いてるから仕事人間に理解はあるつもりよ。まだ四十代の方だから、すぐに仕事量を減らすのは無理だと思う。だから、徐々にその方向にというのでも十分よ」

「この方は預貯金や保険などの蓄財もちゃんとしてらして、将来にわたって経済面での心配はないと思われます」と、本人は借金大王の都丸が言い添えた。

「この方と会ってみたいと思われますか？」

克子が念を押すように、問いかけた。

「うーん、そうね」

由紀は考え込むそぶりをしたが、興味津々なのは明らかだ。口元がかすかにほころんでいる。

「ちょっとお話ししてみたいかな」

もったいぶっちゃって。麻美は嘲笑を噛み殺した。ほんっと、可愛くない女！

「ですが」

克子が静かに言った。

「この方は、高畠様のようなタイプをお望みではありません」

「わたしみたいなタイプって、どういう意味よ」

由紀は即座に、気色ばんだ。

「働く女がイヤってこと？」

「いいえ。奥様が働くことに異存はない方です」

「なら、何よ」

「そのように、何か言うとすぐに切り返す。そういうところが、ちょっと」

克子は言いにくそうに語尾を保留して、続けた。

「頭のいい女性がやってしまいがちなミスです。仕事の場、あるいは気の合う女同士の会話では有効ですが、一般的な人間関係においては」

今度は、ため息まじりに首を振る。

「ことに男女関係では、マイナス以外の何ものでもありませんな」

都丸が、克子のあとを継いで答えた。もはや眼鏡をかけていない彼も、実に残念そうに眉を下げている。

「いわゆる口答え。そうした反応は、この方というより、全男性が嫌うところです」

「………」

由紀は黙った。ムッとしているが、言い返さないのは、口答えで嫌われた覚えがあるのだろう。

絶対、そうよ。麻美は内心、溜飲《りゅういん》を下げた。この手の女には今までさんざん陰でこき下ろされてきたから、恨み骨髄なのである。

「高畠様は女らしくて優しい方なのに、そうは見えません。それがもったいない」

都丸がしらじらしく、嘆いてみせた。由紀は、これにも反論しない。

「女らしい」という表現は男女差別につながる、なんて目くじら立てた時代があったと、麻美は母から聞いたことがある。想像できませんね。「女らしい」は、麻美たちの世代にとってもクラシックでスタンダードなほめ言葉だよ。

「私どもはぜひ、この方とお会いになっていただきたいと思っております」

克子が思いやりありげな声音で、言った。

「ですが、今のままの高畠様では、うまくいきません。はなはだ失礼ではございますが、ただいま都丸が申しましたように、高畠様の今のありようは、結婚相手を探す男性方に好かれにくいと言わざるを得ません。ちなみに、私も嫌われるタイプの典型です」

悲しげな微笑が、後ろにいる麻美の目にまで見えるようだ。演技派！

「私は結婚に向かない女だと自覚しておりますからこのままでおりますが、高畠様は違います」

断言した。由紀の目に喜びの色が現れた。

「ですから、私どもにプロフィールを登録し、お見合いに臨むに当たって、まず、男心をほぐす女性に変身するレクチャーを受けていただきたいと存じますが、ご同意いただけますでしょうか」

「変身？」

「たとえば、服装」と、答えたのは都丸だ。

「彼女が、その見本です」

都丸は、麻美を示した。

はい？

「立ち上がって、高畠様にご覧に入れて」

克子が命令した。

ええー!?

4

パステルピンクの丸首ニットとカーディガンのアンサンブル、それに膝が隠れる長さのサーモンピンクのAラインスカート。靴はライトブラウンの先丸ローヒールパンプス。お嬢さん風の着こなしが、麻美の定番だ。男受けを狙って選ぶわけではないが、男受けするのは十分承知している。けどね。

克子の指示で、ギクシャクと前、横、後ろを「ご覧に入れる」のはきまりが悪かった。こんなことなら、あらかじめ言っておいてくれればいいのに。そしたら、もっと気合いを入れて用意しておいたのに。麻美は心の中で、克子に文句を言った。

はたして、由紀は腕を組んで笑い飛ばした。

「やめてよ。そんなダサい格好しろっていうの」

そうそう。カッチリ派の女はこんな風にマイルド志向の着こなしをバカにするのよね。でも、面と向かって「ダサい」は、ないでしょう。

と思っているから、次に都丸が言った言葉に、おおいに我が意を得た。

「この服装は、男心をもっとも揺さぶるものです」

「だって、センスも色気も何にもないじゃない」

由紀は憎々しげに麻美を睨む。男心を揺さぶるというので、憎さ百倍になったに違いない。

「お言葉ですが、高畠様、男は妻にしたい女性にセンスや色気は求めません」

都丸がにこやかに、切り返した。麻美は湧き上がるニヤニヤ笑いを必死で嚙み殺しつつ、応援した。言ってやれ、言ってやれ。

「このような服装を男は、優しく、慎ましく、きちんとしている、と受け止めます。母親、小学校の先生、そのイメージですね。男の泣き所です。ローヒールのパンプスがまた、そのイメージを補強します。キャリア型女性が好まれる八センチ以上のハイヒールは、尖った爪先と相まって、背を高く見せたい、ひいては自分を大きく見せたいという攻撃性のシンボルとなって、男をビビらせる。彼女がはいているような靴はその正反対、つまり受容性を表現しております。このような服装に、男は母性を見るのです」

「そんなの、幻想よ」

即行、口答えである。由紀は腕組みだけでなく、脚まで高く組んで、高飛車を絵に描いたようなポーズをとった。

都丸は鷹揚《おうよう》に頷いた。

「確かに。でも、それを幻想と見抜けるのは、あなたが女性だからです。それも、男心のわからない女性」

怒りが燃え上がりそうな由紀に、克子が言葉で冷水を浴びせた。

「お怒りはわかります、高畠様。ですが、今一度、申し上げます。ご自分は男心のわからない女性ではないと、胸を張れますか？　このような服装に魅力を感じる男心を理解できないのに？」

「理解できないんじゃなくて……納得できないのよ」

「納得できない」

克子が復唱すると、由紀は顔を赤らめた。理解力がないと白状したも同然なのが、恥ずかしいのか？

あるいは、克子の口調に滲む嘲笑にアタったのかもしれない。

克子は、だが、一転して優しげに言った。

「高畠様は、男心に疎いだけです。それは仕方のないことですわ。冷たい世間とたった一人で闘ってこられたのですから。だからこそ、プライベートライフにおいては、闘わずにすむお相手が必要なんじゃありませんか？」

由紀は答えない。だが、図星に違いない。麻美にだって、それはわかる。だって、それはみんなが願っていることだもの。

克子はしんみりと話を続けた。

「私は自分がそうだから、わかります。闘うために鎧《よろい》をまとった女は、それを脱ぐことができなくなっているのです。そんな女を、誰が愛せるでしょう」

由紀はドサリとソファにもたれたが、腕組み、脚組みは変わらない。

そのとき、フラッシュが光った。由紀はたじろいだが、麻美も驚いた。

克子がタブレットを構えて、写真を撮ったのだ。

「ちょっと！」

抗議する由紀に答えず、克子は画像をテーブルの真ん中で披露した。

「これが鎧を着けた女の姿です。こんな自分を、お好きですか？　これこそがわたしだと言えますか？」

わ、痛快だけど、きつい！

腕組みでふんぞり返るフテ腐れた姿が美しい女なんて、いるか？

いやはや、克子の撮影能力、それも気付かれずにクリアにやってのけるから盗撮能力というべきだが、ほんと、プロの域だ。

この能力だけは、ちょっとだけでも分けてほしい、というか、分けてもらったことはあるんだけどね。

麻美は緑川の画像をわがスマホに取り込もうと、いろいろ苦労していた。正面切って「写真、撮らせて」なんて、言えないじゃないですか。アイドルの追っかけじゃないんだから（心はそれに近いけど）。

スマホを新調したからカメラ機能を試したいとかなんとか言って、彼に焦点を合わせたことはあるのだ。すると、佐川や都丸や敏江がわらわらと寄ってきて、ピースサインをするやら変顔をするやら、おかげで肝心の緑川が写りたがりの連中の背後に埋もれてしまった。こんな画像は即、消去である。

その後も何度か盗撮を試みた（そのために、サイレントカメラアプリまで入れた）。緑川はわりと頻繁に『真婚』にやってくるから、チャンスはおおいにある。ところが、しっかり構えずにシャッターを押すものだから、ブレるわ、邪魔者が入り込むわ、ただ天井や床が写ってるだけだわで、うまくいかない。

仕方なくムービーで撮影して、あとから編集で彼の顔が映っているところだけを取り出してみたりするのだが、麻美の腕では動画から焦点を合わせた写真並みのクリアな画像を得ることはできない。

ある日も、克子に呼び出されて所長室に向かう緑川を虚しく見送って心で泣いていたら、麻美にも社内メールで呼び出しがかかった。

「スマホを持ってきて」と書いてある。

意図は不明だが、今や克子の指示には自動的に従うよう調教された麻美は言われたとおりにする。なにより、緑川がいる場所に行けるだけでも大変ありがたい。

所長室では、緑川がしゃがみこんでミニ冷蔵庫を点検していた。腕組みをして、その様子を見下ろしていた克子が、振り向きもせず「ちょっと、そこで待っててね」と麻美に命令しつつ、右腕をピッと後ろに伸ばした。広げた手の平が無言のうちに、スマホを渡せと指示している。

麻美は唾を飲み込み、そっとその手にスマホを載せた。

すると克子は、いきなり「緑川くん」と呼びかけた。反射的に彼が克子を見上げた。

「どうかしら。直りそう？　できたら、新しいのを買うより修理して使いたいんだけど」

「買い換えても値段的には変わりませんけど、直ることは直りますよ。どうします？」

「そうねえ」

克子は麻美のスマホを握ったまま、思案のポーズをしている。

「電化製品は新しくするほうが効率がいいのはわかってるけど、部品を換えれば使えるのに買い換えるっていうのが、どうも性に合わないのよ」

そういえば、『真婚』の電気設備は全体的に古い。廊下の蛍光灯もトイレの電球もパソコンもだ。それらが、緑川がしょっちゅうやってくる理由でもあるらしいのだが。

「うちが量販店じゃなくおたくに頼んでるのは、買い換え営業しないからなのよ」

「それ、親父《おやじ》から聞いてます」

しゃがんだ緑川は、背筋を伸ばして立つ克子を見上げて、くつろいだ感じで会話している。

あー、羨ましい。麻美はぼんやり、聞き耳を立てるしかない。会話に割り込むのは厳禁だ。緑川のような男は（というか、男全般だが）でしゃばり女を嫌うのよね。こういうことを知っているのも、わたしの女子力よ。それが緑川には通用しないのが残念無念！

「緑川くんも修理、好きでしょう」

克子が言うと、緑川は「ですね」と頷く気配（近寄って観察するわけにいかないから、ここらは想像）。

「だから、こんな時代にあえて、個人経営の電器屋の後を継ぐわけね」

ああ、そういうこと……。

「いや、まあ、ただ好きだからやってるってだけですけど」

緑川の声が照れている。可愛い！　それに、修理が好きだなんて職人キャラなんだわ。いいわ、それ。リデュース・リユース・リサイクルの担い手じゃないの。この人が地球を救うのよ！

麻美は一人で盛り上がった。

サラリーマンしか知らなかった前半生は、実りのある出会いがなかった。それはすなわち、麻美にふさわしい人材がサラリーマン畑にはいないことの証明に違いない。サラリーマンなんか、会社がつぶれたら、それで終わりじゃない。なんたって、これからは職人よ。

などと鼻の穴を広げているうちに、協議が済んだようだ。

「じゃ、部品発注します」と緑川が立ち上がり、克子は「お願いね」と場を締めくくった。

「失礼します」と緑川は、麻美の横を通り過ぎた。ちらっと麻美に目を向けたが、礼儀以上の何ものもない。

あなたにとってわたしは、まだその程度なのよね……。

沈む麻美に追い打ちをかけるように、克子がスマホを掲げて厳しい顔をした。

「社内で無駄にムービー撮るようなこと、しないでね。遊びに来てるんじゃないんだから」

バレてたの!?　麻美は真っ赤になった。

「すみません」

叱られた小学生のようにうつむいて謝る麻美の手に、スマホが戻された。

「そんなことしなくてもいいようにしといたから」

それだけ言うと、克子は踵を返してデスクに戻った。

言われたことを反芻する麻美は、「ドア閉めてってね」なる命令で追い出された。

廊下に出て、もしやと見てみたら、ありましたよ。子犬のように克子を見上げる緑川の正面顔のどアップやら、冷蔵庫をのぞき込み、思案する様子の憂い顔（かどうかわからないけど、憂い風味があるのよ）が。もう、スチール写真みたいにクリア！

愛《いと》しきお方の生写真、いただきました！　当分、これでご飯三杯食べられます。ありがとうございまーす――こんな感じで日々、克子が緑川ゲットに協力してくれているのを実感している麻美に、もはや克子への反感はない。


てなことを思い出している麻美をよそに、図らずも自分の姿に直面させられ真っ赤になった由紀が爆発する前に、克子が先んじた。

「腕組みをして、脚を組む。これが先ほど申しました自縄自縛のポーズそのものです。無意識のうちに自分で自分を締めつけて、他人の介入をはねつけようとしている。防御であり、攻撃的でもある。彼女をご覧ください」

すっと立った克子は、麻美の横に来たかと思うと、ポケットから出した指示棒を長く伸ばした。そして、麻美の腕と手をぴしっと指した。

「力を抜いて、身体の側面から前面に向けて垂らした両腕。ゆるく組み合わせただけの両手。肩肘張らないというのは、こういうことです。ポーズをとってない。身構えてない。それによって、何も主張せず、お言葉承りますという寛大さを身体で表現しております。おわかりですか。これが男性を安心させる、鎧を着けていない女の姿勢です」

おー、そうだったのか。

麻美は思わず、目をパチパチさせた。

わかってやっていたわけではない。なんとなく、癖になっているだけだ。わたしってば、男心をつかむプロなんだわ。そんなつもりはなかったけど、二十代までのそこそこモテた経験で自然とメモリーを増強してたのね。

克子はテーブルに戻ると、立ったままタブレットに指先を触れた。そこにはまだ、自縄自縛でふくれっ面の由紀の姿がある。

「これは、現在の高畠様が人に与えるイメージです。ですが、決して高畠様の本来の姿ではありません」

指を走らせると、画像は一瞬でゴミ箱に消えた。

由紀はふんぞり返ったままで横を向き、口元に握り拳を当てた。だが、目尻が赤くなって、今にも涙が滲みそうだ。

克子はソファの定位置に戻ると、さらっと問いかけた。

「高畠様、プライドの日本語訳をご存じですか？」

由紀は軽く咳払いをして、腕組みと脚組みをほどいて座り直した。

「……自尊心、でしょう？」

『それが何か？』的な視線を向ける。あんな侮辱、屁《へ》でもないわ、みたいな強がりが感じられた。

「そうです。ですが、プライドには、もうひとつの意味があります。ご存じでしょうか。プライドとは、高慢を指す言葉でもあります。しかしながら、日本語化したプライドからは、この意味が抜け落ちております。ですから、プライドの過大評価が生じるのです」

へえ、そうなんだ。克子のレクチャーに、麻美は一人、頷いた。この場合、頷く動作は誰に見られても問題ない。むしろ、克子にはほめられるはず。今の、見てた？と訊きたいところだが、克子は一顧だにせず、先に進む。

「プライドを持つのは大事なことです。ですが、プライドは高慢につながります。高畠様のプライドは決して、高慢にまでは至っておりません。ですが、高畠様を幸福から遠ざけています。プライドこそ、高畠様を縛る縄。高畠様を攻撃的に見せかける鎧です。そんなもの、お捨てなさい」

最後は命令だ。

うわー、いいのか、客に命令して。

ところが、由紀は考え込んでいる。知性自慢の女には、こんな理屈っぽい弁舌が効くのだろうか。

麻美は一方で、プライドが高そうな人間は総じて感じが悪いという印象を持っていただけに、克子の言葉に頷けるものがあった。

そうか、そういうことだったのね。上から目線だから、ヤなやつばっかりだったんだ。

麻美は、プライドが高いほうではない、と思う。自分に誇りを持つというのも、なんだか大層で、いいことのように思えない。誇りが持てるほど立派な人間になれと言われているようで、プレッシャーだ。

んなもん、なくたって生きていけるっしょ。

と考えていたら、克子が同じようなことを言った。

「プライドがなくなれば虚心坦懐《きょしんたんかい》になって、お相手を見つけ出すのがぐっと簡単になります」

ほんと？

「私どもの会員様は、自分のよさをアピールできない不器用な方ばかりです。高畠様も、そのお一人でしょう？　私どもは、本来の自分を出し切れない会員様がいいご縁を結べるよう、あえて耳が痛いことも申し上げます。口幅ったいようですが、結婚によって、本当に幸せになっていただくのを目的としておりますことを、どうぞご理解ください」

なんか、すっごくいい演説なんですけど。きれい事ばかりを並べないから、妙に真実味がある。

「高畠様が、もっと優しく、可愛く、広い心で人を愛せる、本来のお姿を取り戻すお気持ちになれたら、そのとき、勝浦様とのお見合いを必ずコーディネートいたします」

克子はまたしても、手品のようにタブレットを取り出して、画面を開いた。先ほどの男が現れた。

「勝浦様だけでなく、もっとたくさんの方を安心してご紹介できますわ。本来の高畠様は可愛らしい方なのですから、どんな男性でも会ってみたいと思うようになります」

そこまで言うか。言うんだよな、この女は。

由紀は、克子を見つめた。克子は見つめ返した。なんだか、はっけよい、のこったって感じ。

横から、都丸がいそいそと言い添える。

「私どもは会員様に情報をご提供するだけではなく、場合によっては、それとなくプッシュもいたしますよ。また、会員様のほうからも私どもに意見を求めてこられることが大変多うございます」

由紀は視線をはずし、「ちょっと、電話してきていいかしら」と言った。

「どうぞ、どうぞ」と答えたのは、都丸だ。

由紀はスマホを握りしめ、部屋を出てドアを閉めた。廊下から聞こえるくぐもった声が笑い声に変わった。ややあって戻ってきた由紀の顔は、明るくなっていた。

「ミルキーママと話した。わたしには女子力学習が必要だから、おたくを紹介した、ですって」

ふっきれた様子だ。こういう強気がこじれた人ほど、背中を押してくれる存在が要るのよね。

「いいわ。とにかく、男心をほぐす女っていうのがどういうものか、聞かせてもらうことにする。コンサバでダサめのファッションの他には？」

「立ち居振る舞いの基本についてですが、これは長くなりますから、また、あらためてにいたしましょう」

都丸が言うと、由紀は鼻を鳴らした。

「よく言うわよ。ここまで引っ張っといて」

「では、少しだけ予告編を。彼女をご覧ください」

再び、今度は都丸に指さされ、麻美はへどもどした。モデルとして立ったままでいるのに疲れて、椅子に戻ろうかどうしようか思案していたところだったのだ。

えっと、どうすればいいのかしら。問いかける目を向けると、克子が「いいのよ、そのままで、普通にしてて」と心持ち優しく言った。そして、また指示棒片手にやってきた。

講師は克子の役割みたいだ。まあ、基本、威張りたい人だからね。

「まず、立ち姿。この脚のさばき方をご覧ください」

麻美の両脚はパラレルの状態だ。

「きれいな立ち姿というと、よくこのような形を指導されがちですが」と、克子は自分でポーズをとった。

右脚を前に出し、爪先を開き気味にする。アナウンサーとかキャビン・アテンダントなどが写真を撮られるときにとる、いわゆるモデル立ちだ。

「これは、人目を意識したプロの立ち方なので、やってはいけません。正しいのは、彼女のように足先を揃えて立つ。これです。こうしますと、ことに日本女性の場合、膝から下に隙間ができます」

克子はしゃがみ込み、麻美の左右のふくらはぎの間に指示棒を入れて、ばしばし叩いた。飛び上がりかけたが、我慢した。

「先ほどのモデル立ちは、この隙間を隠すために有効です。だから、プロの立ち方なのです。普通の女性の場合、ここに隙間があることに魅力が生じます」

え。そうなの!? 聞いたことないけど。麻美は表情を変えないよう気をつけながら、心の中で目をむいた。

「その通りです」

今度は都丸が立ち上がって、そばに来た。

「男目線では、二の腕のたるみとふくらはぎの隙間は、二大チャームポイントです。ほのぼのした可愛らしさを感じるのですな」

へー、そうなの。

由紀は唖然としている。あまりのことに毒気を抜かれてしまったのか。怒りの口答えが出てこない。

克子は指示棒をコンパクトサイズに戻しつつ、麻美の耳元で「ちょっと、じっとしてなさい」と命令した。そして、パッと離れると素早くスマホで撮影。ソファに戻ると、その画像を由紀に見せた。

「この立ち姿をやってみるだけで、高畠様の鎧は自然にとれやすくなりますわ。エクササイズのようなものです。画像、送信いたしましょうか。プリントして手渡しも可能ですが」

由紀は仏頂面で、「データでもらうわ」と答えた。克子は頷くと、一瞬で操作した。入会書類に書かせたメールアドレスがすでに、彼女のスマホに登録されている模様だ。まったく、油断も隙もない。

「それでは、今日はここまでとさせていただきます。次回以降は、高畠様のご都合のよろしい時間をご指定ください」と、事務的に言ったのは都丸だ。さっさと所長室のドアを開け、片手で出口をさして「とっととお帰り」のポーズだ。

麻美はあわてて克子の後ろから、お見送りの行列に連なった。

由紀は煙《けむ》に巻かれた面持ちで、押し出されるように所長室から出口に向かう。

その途中で立ち止まり、麻美をしげしげと見つめた。麻美は本能的に意味なし笑顔で応戦した。

「つまり、彼女が男が結婚したいと望むタイプの典型ってわけね」

その口調には、かすかなトゲがある。

「そうでございますね」と答えたのは、克子だ。

「今後は彼女をテキストとして、学習していただく所存でございます」

ええー、聞いてないよ。あ、でも、今聞いたでしょと言われるのよね、きっと。克子の言うことが読めるようになっちゃった。

やれやれと自分の気持ちに浸る麻美に、由紀がえぐるような目を向けて言った。

「で、あなた、結婚してるの？」

「あの、いいえ」

曖昧笑顔はキープ。そして、情けない感じで首を振る。

「する気がないの？」

「あります！」

克子の鋭い視線にプッシュされて、必要以上に力強く応答してしまった。

「男心をほぐす見本が結婚できてないのは、どうして？」

ドキッ。

どうしてなんでしょう。自分でも、わからないんですぅ。

口を半開きにして困惑していると、克子がすらっと答えた。

「彼女にはちゃんと、相思相愛の相手がございます。ただ、あちらの家族が反対してお りまして、暗礁に乗り上げていると言わざるを得ません。実際のところ、結婚に持って いくのはかなり難しいでしょう」

なに、それ!?

麻美は思わず、素に戻った。すると克子が同情の眼差しで、優しく麻美の腕をさすった。

えと。それって、も、もしかして、緑川のこと？　それとも、そういうキャラになれってこと？

目を白黒させる麻美を放置して、克子は由紀に視線を戻し、話を続けた。

「このように恋愛結婚には、家族がらみの問題が付きものです。私どものような業者を利用する最大のメリットは、ここにあるともいえますわ。いろいろな障害をあらかじめ排除して、スムーズにご縁をつなぐことができますから」

「そうなの――」

同情だか好奇心だか、妙な目つきで見られて、麻美は曖昧な笑みをキープしたまま、小首を傾げた。その言葉、わたしは疑問形で繰り返したい。

そうなの？

5

結婚不可人種のあなたたち

1

『真婚』に就職してからというもの、帰宅して玄関をくぐるやいなや、母がすっ飛んでくるのが習慣となった。

「お帰り。で、仕事、どんな感じ?」

「お帰り。今日、どうだった?」

麻美の表情を読み取るべく大きく見開いた目が、あからさまな好奇心でギラギラ輝いている。

だが、麻美は「んー、まだ、よくわからない。克子さんにいろいろ教えてもらってる段階」と、軽くごまかしてきた。

だって、だって、親には言えないことばかりなんだもん。

なにしろ、同僚が全員、到底まともな人間とは言えない。

ニキビ面の佐川はヴァーチャル世界埋没人種で、現実にまったく興味がない。克子の目が光っているから、三日に一度はネットカフェでシャワーを浴び、コインランドリーで洗濯して最低限の清潔は保っているが、醸し出す雰囲気がどうにも薄汚い。

こんな男でも付き合う女がいるのだろうか。疑問に思った麻美は、「彼女、いる？」と直球勝負で訊いてみた。すると、こうだ。

「俺、ヴァーチャル・セックス派なんすよ。それ、極めようと思ってるくらいだから、リアル彼女は、いいっす」

彼女という言葉を、すぐにセックスにつなげるところに大きな間違いがある。というか、気持ち悪い。それじゃ、動物と同じでしょうが。

だが、このヴァーチャル男は、リアルな動物的本能も退化しているらしい。生身の女を性欲の対象としか見られないレイプ魔よりは、まし、ということで、許してやる。

マイペースおばさんの敏江は、『真婚』の前身である結婚相談所で働いていただけでなく、実は経営者の一族でもあった。

祖母が超のつく世話好きで、目の届く範囲すべての縁結びに奔走するのを生き甲斐としていた。それを敏江の母が引き継ぎ、戦後生まれた仲人連盟に加入して、家業とした。さらに、そのあとを敏江とすぐ上の姉が継いだ。

そして、姉妹で仲人業に精を出したのだが。

「人のお世話に夢中になっているうちに、自分たちが縁遠くなっちゃったのよ。わたしたちが若い頃は、奥様は外に出ないものだというのが常識でね。わたしも姉も働くのが好きだったから、結局、仕事と結婚しちゃったわけ。今の人はいいわねえ。自由にできて」

というのが、本人による公式発表。しかし、真相は違う。それを麻美に教えたのは、都丸だ。

「あのおばさんさ、ああ見えても若い頃は愛人やってたんだぜ」

ウッソー！　と目をむきながら、思ってもみなかった情報に麻美はわくわくした。

「マンションでポメラニアンと一緒にパパのおいでを待つ、けっこうなご身分だったんだよ。ところが、パパが死んじゃって、お姉さんがやってた結婚相談所に出戻って、っていて、愛人の場合も出戻りっていうのかな。とにかく、戻って、手伝ってたわけだ。でも、経営そのものはお姉さんが中心になってやってたから、お姉さんが年取って引退を決めたら、おばさん一人じゃどうしていいかわからなくなって、克子さんに譲った。けど、生まれながらの出しゃばりとしては死ぬまで出しゃばれる場が欲しい。で、ここに置いてもらってるわけ」

えらそうに言う都丸も、曰《いわ》く付きである。なにしろ、自己破産者だ。

「こんなやつでも妻がいる」の典型で、愛の神秘を感じるが、これにも裏、というか、克子の「深謀遠慮」がある——と語ったのは、敏江だ。

克子の妹で都丸の妻である友子《ともこ》はダメ男好きで、都丸は三人目の夫だそうだ。前二回でも、家族は迷惑をこうむった。

DV、ギャンブル狂い、浪費家、浮気癖、大酒飲みもしくはドラッグ中毒、労働意欲皆無のヒモ、などダメ男にもいろいろあるが、友子のお好みは「ヒモ」タイプ。しかも、ダメ男にはダメ要素が複合して存在しているもので、都丸の場合はギャンブル好きが加わっている。

借金まみれの妹夫婦をなんとかしてやってと母親に泣きつかれ、克子が決断した。都丸を自己破産させ、妹ごと実家で引き受ける。そして、都丸を監視下に置く。

離婚させなかったのは、妹が新たなダメ男にひっかかるのを防ぐためだ。

ダメ男に惹かれる女には、「この人でなければ」と個人を特定する執着心がない。すがりつけるなら、誰でもいいのだ。

一人いれば、浮気はしない。だが、いなくなれば、本能的に穴埋め探しに走る。そう考える克子は、妹の遍歴を都丸で打ち止めにさせようと図った。

一方、都丸が克子の言いなりで働くことに不満を言わないのは、彼なりに「友子を愛している」から。とは本人の申告だが、敏江は「ほんとに、そうなんだろうねえ」と、感慨深げに言った。

「あの人って、どこか憎めないところがあるでしょう？　それはまだ、人間らしいところが残ってるからよ。友子さんを好きっていう気持ちに嘘はないのよね。ただ、ギャンブルの誘惑に負ける。勝って稼いだ金でダイヤモンドでも買ってやりたくて、とか、泣かせることを言うけど、結局は愛より賭け事の面白さをとる性分だからさ。いつまで、おとなしくしてられるかねえ」

鮫島のことを思えば、ダメ男好きという点に心当たりがないわけではない麻美だが、遍歴するほどではない。と、思う。

このように、敏江と都丸がもたらす男女のアレコレ話は、まともな人間しか知らない麻美には刺激的で、面白すぎる——なんて、とてもじゃないが、親には言えない。

それより問題なのは、麻美が二十八歳の保育士、佐々木瞳なる人物として、テストデートに持ち込む餌にされていることだ。これはほとんど（いや、百パーセント、かな）なりすまし詐欺である。

もっと問題なのは、麻美がそれを楽しんじゃってることなのだ。

もし、麻美が「なりすまし詐欺」めいたことをさせられているとか、スタッフがパソコンオタクの社会性ゼロ男に元愛人に自己破産者だと知ったら、本音では克子をよく思っていない父が「辞めろ」と騒ぎ出すだろう。

それは困る。

テストデートも半端者ばかりのスタッフも、麻美にはジャンクフード的魅力がある。加えて、結婚についての研修が実に実にタメになるのだ。

2

『真婚』のポリシーを学ぶための基本研修、「婚活市場に見る結婚に向かない人々」レクチャーが行われたのは、入社一週間後、入江とのテストデートをこなしたあとのことだった。


所長室のいつもの応接テーブルで、向かい側にタブレットを構えた克子、麻美の左右を都丸と敏江が固める布陣で、レクチャーは始まった。

「わかりやすいところでは、結婚相手に過剰な条件をつける人たち」

たとえば、と克子はすらすらと例を挙げた。

二十代限定。年収一千万円以上。容姿端麗。高学歴。才色兼備。太っている人不可。はげはダメ。などなど。

「それは、ないですよね」

麻美は失笑した。

「若くて容姿端麗とか、高収入とかの要求を満たすレベルの人だったら、婚活なんかしてないでしょう？」

「そんな風に冷静に判断できなくなるのが、婚活なのよねえ」

敏江がほとんど嬉しそうに、口を出した。

「あなた、若いのに、ネット業者の登録者情報、見たことないの？　そんなのばっかりよ」

「ないです」

だって、本格的婚活に踏み出す勇気がなくて……なのだが、敏江は「それはえらいわ」とほめた。

「やっぱり、お見合いはちゃんとした仲人を立てて」

「敏江さん、先走らないで」

克子が素早く、ストップをかけた。

「ネット上に限らず、この種の条件をつける人はいます。わたしに言わせれば、実はみんな、条件にこだわっている。ここまで極端でなくても、年収が六百万以下とか外見が気に入らないとかで即座に切り捨てる人が多いのよ。多すぎる」

「面食いは、結婚できないねえ」

ソファにふんぞり返った都丸が、得々と言葉を挟んだ。

面食いを自覚する麻美は、ドキッとした。

「結婚相手の条件に、はげやデブはダメとか不細工は却下とか見た目を一番にあげるのが、そもそも間違いなのよ」

敏江が憤然と口を挟んだ。

「容姿というのは、美しいほど劣化率が高いの。若い人には、そこがわからないのよね。五十過ぎて同窓会に行ってごらん。ああ、あれがこうなるのかとビックリよ。見た目で選んだら、それからあとの年月はかつてきれいだった花がしおれて醜くなっていくのに付き合う時間になる。それでいいんですかと、わたしは言いたい」

なるほどねえ。確かに、今の顔で好き嫌いを決めて、先行きどうなるかなんて、全然考えないな。

「でも」と、麻美は若い人代表として言い返した。

「将来どうなるかなんて、わかりませんよね」

「そこなのよ、昔のお見合いがよかったのは」

敏江が力を込めた。

「初めから両親が同席するじゃない。そうしたら、相手のお父さんやお母さんから、相手が年取ったときの姿を予測できるし、どんな人たちと義理の家族になるかもわかった。本人はよくても、あの親じゃねえとか、事前にじっくり考えられたのよ。わたしはあの形式を復活させるべきだと思うわねえ」

麻美の両親も見合いだが、親は同席せず、仲人の引き合わせで二人だけで会った。麻美がそれを言うと、「お母さんたちの世代が、結婚が家と家との縁談から個人同士の結びつきにシフトする分岐点だったのよ」と、克子が解説した。

「おかげで、その後、昔ながらのやり方があっという間になくなってしまった。そして、今じゃ、まともな結婚ができない人たちばっかりの日本になっちゃって」

旧世代らしく「昔はよかった」の塊となった敏江は、遠い目つきでため息をついた。

「時計を元に戻すのは無理よ、敏江さん。だから、わたしたちのやろうとしていることに意味があるんでしょ」

克子の言葉に、敏江は頷いた。

「そうよね。わたしみたいな昔のやり方を知っている最後の世代が生きているうちに、伝える役目を果たすんだったわね。克子さんが、わたしにそう言ったのよ。いい言葉でしょう。わたし、涙が出たわ。わたしの経験が後世の役に立つんですもの」

そんな大きい話か？

麻美はあきれた。しかし、敏江の言うことは、もっともだ。先行きがどうなるか、わかったほうがいいかもしれない。

あ、いいこと思いついた。

「コンピューターで予測して将来像を見せてあげるサービスって、どうですか。佐川くんなら、そんなの簡単でしょう」

「それは、ダメ」

克子が即座に却下した。

「あれはあくまで、骨格上の予測に過ぎない。人間の顔立ちって、表情で決まるのよ。それに、年を取れば取るほど内面が出てくるから、印象がすごく変わってくる。そこまで盛り込めないのが、デジタルの限界」

「ということは逆に、ぱっとしなかった人が素敵なナイスミドルになったりすると考えたほうがいいんでしょうか」

麻美は自分への忠告も込めて、言ってみた。

面食いだから結婚できないのなら、そこを改善したい。すなわち、「ぱっとしない人ほど、あとになるにつれてよくなっていく」セオリーを頭に叩き込むのだ。そうすれば、今よりぐっと選択肢が広がる！

「そんなことは、ほとんどない」

克子は無情に言い切った。

「ぱっとしない人がそのまま、ぱっとしない中高年になる。そういうものよ。でも、それがよくないことかしら。どうして、素敵にならなきゃいけないの？」

「それは、だって、素敵なほうがそうじゃないより、いいでしょう。素敵な人って、そうなるように努力してると思うし」

麻美の答えを克子は、一笑に付した。

「素敵な人になる努力？」

こんな風にオウム返しで自分の言ったことを再生されると、恥ずかしくなるのはなぜだろう。麻美はたちまち、いじけた。

「素敵な人って、どんな人？」

「それは……雰囲気がすすけてなくて、輝いてるっていうか」

横で都丸が、感じの悪い含み笑いをした。けど、こういうことって、口で説明できませんよ。例として、有名人の名前をあげようとしたが、克子に遮られた。

「結局は、見た目のことよね」

いや、まあ、それはそうですが。

「いくつになっても素敵に見られたくて、プロポーション維持の鬼になって毎晩鏡の前で自分の姿に見とれてるとか、ブランドショップの鏡の前でポーズを決めてニンマリするとか？　そういう人って、自分が一番好きよ。そして、相手にも素敵でいることを求めるわねえ」

「いるのよねえ。ひとりよがりナルシストが」

尻馬に乗って、敏江が言った。

「わたしが言いたいのは、そういうことじゃなくて、人柄が顔に出るって意味です。所長もさっき、同じこと言ったでしょう。内面が出るって」

麻美は勇躍、反論した。

「だから、若いときはぱっとしなくても、先行きに期待できる。むしろ、今、おしゃれに決めまくりの人より、いいかもしれない。そういう見方をしたほうがいいってことですよね」

と、敏江に話を振った。

「それはそうよ」

敏江は大喜びで請け合ったが、克子は冷ややかだ。

「いい内面が顔に出て素敵になるのは、そうさせてくれるパートナーがいてこそよ。生きていく過程で持って生まれたよさがこじれて、ひねくれた表情が固定してしまった人はいる。そんな人が、いい出会いで優しい顔を取り戻すというのは、あり。それが、いい結婚の成果。デジタルで予測できないリアル世界の奇跡」

いい出会いの奇跡。それよ、欲しいのは。麻美は熱く共感した。

「でも、婚活の段階で見た目を重視するような了見の持ち主には、相手の内面に眠るいい部分を引っ張り出す力はないわ。そもそも、婚活市場に外見の良さを条件にアクセスしてくるような人は、本当は結婚なんか望んでないのよ。セックスしたいだけ」

「ネットの婚活サイトはそういう人が多いと聞いてますけど」

みんながみんな、そうじゃないでしょう。それが麻美の見解だ。

「ネットだろうとリアルだろうと、同じよ。見せかけのよさにこだわる人って、つまるところ、本人にもろくな中身がないの。中身がないから、中身を見る目もない。そんな人と結婚したい？」

「いえ、それは……」

消極的否定。そんな風に考えたこと、なかった。

「だから、画像加工で年取ったときの顔を見せるアイデアも、採用しない。そんなことしたら、見た目重視の傾向におもねるだけだもの。見た目が大事な人は、そもそも結婚に向かないと言っていい。結婚というのは本当に、中身の問題だから」

えっと、それは、その。少々耳が痛い点はありますが、そうですよね。

「誰でもいいとか、普通の人でいいとか言っておきながら結婚できてない人も、実は外見にこだわっていることが多いものなの。結婚を夢物語にしちゃってる。現実が見えてない。というより、見ないのよ。だから、自分に足りないのは運だけだと思ってる。この人だと心から思える相手と出会いたい、きっといるはずだから妥協したくない、なんて言ってね」

グサッ。だけど、そう思っちゃ、いけないの？

「いつか王子様がってやつね」

都丸の発言は、麻美の切ない思いをあざ笑うかのようだ。

「そういうこと言う女ほど、その顔でシンデレラや白雪姫を気取るか？　みたいなB級女なんだよなあ。自分のことは全部棚上げ。で、王子様を待ち続けて苔《こけ》むして、とうとう未婚のまま、死んでしまいました、おしまい。これがおとぎ話の結末。もう、法則だね」

得意げな決めつけから、麻美はひそかに自己検証した。

わたしは、違う。王子様を夢見てなんか、いない。ただ、好きになれる人と出会いたいだけ。好きになれる人なら、木こりだろうと羊飼いだろうと（って、例がメルヘンになっちゃうけど）構わない。

おっと、ここで緑川の顔が浮かんだ。

そうよ。現に、わたしの好きな人なんか、町の小さな電器屋よ。メルヘンで言えば、素朴な羊飼いの役どころよ。

わたしは、王子様を待って結婚しそびれるシンデレラ気取りのおバカじゃない。

「いい男がいない、いないって言ってる中に、いい女はいない。これも法則」

調子に乗った都丸が、さらに言い募った。それは、わかる。と、麻美は思った。

合コン帰りのエレベーターで「いい男が一人もいなかった」「不作だったねえ」という会話を耳にした。麻美もそう思ったのだが、口には出さなかった。そんなことを言う女たちが素敵に見えなかったからだ。

麻美を嫌う女たちと、この「いい男がいない」とブーたれる女たちが重なることも、反感を抱く理由なのだが。

「その路線で言うと」

克子が珍しく、都丸の言葉を引き継いだ。

「デートの段取りが悪いとか、話がつまらないとか、そういうことで断る人も、結婚に向かないとわたしは言いたいわね。すぐにセックスしたがる男は論外よ。でも、不器用な人の誠実さに気付かないのは、バカよ。見合い相手を退屈させないデート上手がいい夫になるかしら」

えーと、それはですね。

「段取り上手な人は、浮気者の遊び人だと思います」

麻美は答えた。本当にそう思っている。友達の彼氏がそうなら、絶対、そう言って忠告する。

「そうよね。そういうこと、ちゃんと考えるべきなのに、最近の若い人ときたら」

敏江がまたしても、若い女批判の口を挟んだ。

「敏江さん。その言い方はやめて」

すかさず、克子がたしなめる。

「時代は関係ないわ。若い女の子は何もわかってないのが当たり前。だから、わたしたちが教えてあげるんでしょう」

「そうでした」

敏江は頷き、すいと麻美に視線を向けた。何よ。「何もわかってない若い女の子」って、わたしのこと？　まあ、そうだけど。

「中身重視だから、高収入の男性も登録したくないわね」

克子は話を進めている。だが、今の一言は聞き捨てならない。麻美は頑張って、意見を言ってみた。

「でも、収入は重要なポイントでしょう？」

「中くらいでいいのよ。経営者とか医者とか弁護士とかアナリストとか、本当に高収入の人って依《よ》って立つところが経済力だから、価値観がそこにしかない。高いものが、いいもの。金を稼げる自分には、それだけで百パーセントの価値があると思ってる。だから、高収入男に希望を書かせるとこういうことになる」

克子はタブレットを開き、麻美に渡した。

「ちょっと、見てごらんなさい」

『真婚』が加盟している団体の共有情報が、克子の手でカテゴリー別にファイリングされているようだ。スクロールしつつチェックしてみると、似たような内容が続く。

家庭的であること、料理が好きであること、趣味がいいこと、知性があることなどを、相手に望む条件として、さりげなく連ねている。そのうえ、年齢制限がある。おおむね、二十代希望。上限は三十代前半、ただし三十五歳は、アウト。

「わ、あからさま」

麻美は思わず、感想を口に出した。すっごーい。キャバクラの客みたい。

「見た目が女を迷わせるウィークポイントなら、男は若さだねえ、困ったことに」

都丸は他人事のような論評口調だ。

「心は少年だから、いつまでも少女に憧れちゃうんだよ。女性には変態呼ばわりされるけど、わかってほしいなあ。おばさんたちは若いイケメンタレントにおおっぴらに萌《も》えられるけど、おじさんたちは少女アイドルへの萌えを表沙汰にできない。立場があるから、秘めざるを得ない。だから余計、発散できずに、こうムラムラと」

「やめてくださいよ、気持ち悪い」

麻美はしかめっ面で抗議した。

「いや、今のは表現が悪かった。下半身のことではなくて、心よ、心。若さに憧れつつも、それはそれとして、妻に関しては年齢不問にするのが、まあ、良識ある普通の男。

ただし、稼ぎに自信があると、良識のストッパーがはずれるんだなあ」

「だから、高収入なのに登録が五年を超えても結婚できてない人が、これだけいるわけ」

克子がタブレットを手元に引き寄せつつ、言った。

「理由は、わかるわね」

訊かれて、麻美は頷いた。

「女性は安定を求めてはいるけど、金持ち自慢で、俺の言うことを聞け、みたいなタイプは絶対イヤ。そういうことが全然、わかってないと思います」

決めつけるよ。

婚活する女はとりあえず、収入面にチェックを入れる。高収入であれば、外見の好みはある程度、捨て去れるからだ。だが、傲慢度二百パーセントの根性悪を金のために許す女は、いない。そうでしょ？

得々として持論を述べると、克子は「まさに正解」とばかり、微笑んだ。そして、言った。

「ところが、そこまで考えずに、収入だけで選ぶ世間知らずのお嬢さんも、けっこういる。だから『真婚』としては、高収入を望む女性及び高収入を誇る男性は、結婚に向かないと判断する」

「でも、世間知らずでわかってない若い人を教育するのも、『真婚』の仕事じゃないんですか？」

さっき、そう言ったばっかりじゃない。

だが、克子はきっぱりと首を横に振った。

「お金にこだわるのは外見にこだわるのと同じくらい、その人の人間性の一部になっている根深い欠点だから、うちは扱わない。逆に、収入の面で多くを望まないというだけで、そんな彼女と結婚したがる男性がたくさんいる。だから、そっちに集中する」

おー、そうなんですね。お金にこだわらないわたしと結婚したがる人は、たくさんいるわけですね。麻美は気をよくした。

「それからね」

克子が突き刺すように言った。

「いつまでもドラマみたいな恋愛をしたがるバカ者は、結婚には向いてない。いい主婦になれない。婚活するのがそもそもの間違いの結婚不可人種」

そこまで言うか。

3

「結婚とは独占契約である」

克子は続けて、びしっと言った。

「好きな人との結婚を望む女の子は、そう思ってる」

思わず、鮫島とのことを思い出す。そうでした。彼と自分を永遠に結びつける方法として、結婚を望んだんだよ、わたし。

「それが、男をビビらせる。愛されたいけど、縛られたくない。愛されたいけど、愛されすぎるのは重荷になるから、イヤ。男はそういう生き物だから、相手を独占するために結婚したいと思うタイプは結婚に向いてない。むしろ、してはいけない。したとしても、必ず、捨てられる」と、克子が続けた。

えと、あの、それは、わたし……。

なんとかして態勢を立て直したい麻美は、考えを巡らせた。

結婚に向いている自分と、向いてない自分が、両方いる。どちらかというと、向いてない、克子の言い分なら「してはいけない」「したとしても捨てられる」ほうに入ってる？

そんなの、イヤです。

ほとんど泣きそうな麻美をじっと見ていた克子が、おもむろに口を開いた。

「結婚は、時間のかかる共同作業をするってことなのよ。力を合わせて、困難を乗り越えていく。それが結婚。力を合わせる過程があるから、相手の外見とか鈍感さとか不器用さとかの難点を許せるようになる。馴れ合うとも言うけどね」

「美人は三日で飽きるが、ブスは三日で馴れるってやつね」

都丸が口を挟んだ。

その言葉、感じ悪いです。麻美はムッとした勢いで、克子に反論した。

「でも、馴れ合いとかなあなあは、よくないことなんじゃないですか？」

「あら、よく知ってるわね。でも、それは仕事の場での話」

克子はからかうように答えた。

「なれ鮨《ずし》って、知ってる？」

「聞いたことはありますけど」

克子はすらっとスマホを取り出し、辞書の画面を見せた。

馴れ鮨または熟《な》れ鮨。二通りの漢字がある。

「馴れるには、熟すの意味もある。時間をかけて熟していく。それが結婚よ。だから、馴れ合うのが、いいの」

それは、いい感じです。それなら、馴れ合いオーケーです。

「ところが、外見や収入にこだわったり、あくまでもロマンティックな一目惚れを求める人は未熟すぎて、馴れ合う力がない。結婚に向かないどころか、資格がないの。だから、いっそ婚活するなと、わたしは言いたい。恋愛したいなら、一生、それだけを追いかけてなさい。虹を追いかけて、地の果てで力尽きて、野垂れ死にするがいいわ。それはそれで、ある意味、潔い生き方よね」

それ、わたしに言ってるんですよね。麻美は息をのんで、克子を見返した。次の瞬間、克子がスマホを手に取ってしゃべり出した。

「緑川くん、今から休憩とるから、その間に来て、やっちゃってくれないかしら」

通話が終わるとすぐに、都丸と敏江はやれやれとばかりに席を立ち、部屋を出ていった。入れ替わりに左肩に脚立《きやたつ》を担いだ緑川が。目に優しいと触れ込みの蛍光灯を右脇に抱え込んでいるところを見ると、天井照明の交換か。

麻美は狼狽《ろうばい》したが、克子は知らん顔で大きく伸びをした。休憩のポーズらしく見える。麻美は居残るために、難しい顔でメモをめくり仕事続行中のポーズ。

とくに挨拶の言葉もなく、緑川は脚立を立てて天井の蛍光灯の交換作業に入った。すると、すかさず「緑川くんって、休みの日には何してるの？」

デスクに頬杖をつき、いかにも一服中のくつろいだ雰囲気で克子が問いかけた。

脚立のてっぺんに軽く腰掛け、古い蛍光灯を慎重に取り外し中の緑川が、「そうですねえ。自転車、乗ってます」と答えた。

麻美が訊くと下心がバレバレだが、克子だと単なる暇つぶしの会話になる。少なくとも、緑川がそう思っていることは構えのない答え方でわかる。

麻美は仕事でたまたま居合わせているだけだから、会話に割り込まない限り、彼を不快にさせることはない。口を挟んじゃダメなのよ。存在を消して情報収集。ただいまスパイ活動中。

「自転車って、ツール・ド・ナントカみたいな？」

「そこまでじゃないですよ」

緑川の声が笑っている。盗み見しなくても、今や彼の笑顔は麻美の脳内で自動再生できるのである。暇さえあれば、スマホに保存した画像を呼び出して、ニヤけてるもんね。

「じゃ、サイクリング？」

「いや、どちらかって言うとツーリングですね」

「どう違うの？」

「サイクリングは買い物とか通勤とかで自転車使ってるくらいのことで、ツーリングは山とか島とかの田舎道を自転車で走るのを楽しむって感じかな」

「へえ、スポーツなのね」

「そうですね。といっても、競技性は少ないですよ。一人でできるし、タイムあげようとかもないし。距離は稼ぎたくなりますけどね」

「山登りや魚釣りと同じね。身体を使って、無心になって、自然と対話する、みたいな」

「そうですね」

克子の応じ方が、緑川からスルスルと言葉を引き出している。彼が会話を楽しんでいるのは明白。

うまいなあ。麻美は舌を巻いた。

「それって、なーに」「どういうこと？」「わー、面白そう。もっと聞かせて」と質問だけで押しまくるのは、ウザがられるんだよね。自分の存在をアピールしたいだけで、相手の言うことは聞いてない。聞いてないから、わからない。それが見え見えだもの。

それはともかく、情報いただきました。自転車ね。ツーリングね。おー、知らない世界だわ。

ツーリングに一緒に行くのが一番無理のない接近法だけど、ろくにサイクリングもしたことがない身でそれを言い出すのは、あまりにも無茶だし……。興味があるから教えてほしいっていうのは、どうかしら。下心がバレるかな。いや、目的はあくまで自転車という風に見せかければ……。

そっちの方向で攻めてみようかと計画を練り始めたのだが。

「じゃあ、わりとストイック系ね。彼女と一緒にツーリングだ、楽しいな、ランランって感じじゃないのね」と、克子。

あら、そうなの？

「そうですね」

緑川は脚立を下りながら、答えた。そして、しゃがんで古い蛍光灯の汚れを拭くなどしている。

「ツーリングが縁で結ばれたカップルって、いないの？」

「いますよ」

「そういうの見て、羨ましくならない？」

「ならないですねえ」

作業しながら答えているのだが、その手は休みがちだ。会話に気をとられているのだ。その証拠に、自分から言葉を継いで話を続けている。

「途中で休んでるときに、夫婦で子供の学校の話とか、晩飯どうしようとか、話してるんですよ。微笑ましいですけど、日常生活ひきずってる感じで、ツーリングする意味がないじゃないかと、ときどき思います。人それぞれなんですけどね」

「緑川くんは逆に、ツーリングなんか興味ない人のほうがいいのね。結婚したとして、奥さんは、うちの亭主は休みになると自転車に乗ってどっかに行っちゃうのよ、どこだか知らない、放っとくしかしょうがないのよ、自転車バカだから、なんて女友達とレストランでランチしながら笑い話にするような人がいい、とか？」

「そうですね」

古い蛍光灯を箱に収納するため、うつむいている緑川の頬が緩んでいる。

これか!?

亭主は放し飼いに限る。亭主元気で留守がいい。そんな昔ながらの女房の言い伝えを心得た女がいいわけ?

これは朗報よ。あわてて自転車特訓しなくてもいいし、興味を持つふりをする必要もない。わたしは亭主を放し飼いにする太っ腹な女房になれる女よ。そりゃもう、結婚さえできれば、あとはいくらでも。

問題はどうやって、それを彼にわからせるかだ。

押しつけがましくなく、さりげなく、それとなく印象づける——って、やったことないなあ。ああ、悩む。

個人的な悩み顔を仕事のふりでカバーしていると、作業を終えた緑川は「じゃ」と出ていく途中で、麻美にも軽く頭を下げた。当然、笑顔で会釈のお返し。お見送りしたいのを、ぐっとこらえた。ベタベタしちゃ、いけないのよ!

そうだ。スタッフが全員まともじゃなかろうが、なりすまし詐欺っぽい仕事をさせられようが、麻美はここを辞めるわけにいかないのだ。

緑川と結婚するまでは。

はっきり言って、顔に惹かれました。ジョニー・デップ似だった鮫島に比べると、緑川は地味。人によっては、「たいしたことない」と言われるかもしれないレベル。つまり、「普通」なのよ。結婚向きなのよ！

中身だって、鮫島と真逆の女扱いがまるでダメそうなところが、純朴さの証明だ、と思います！

問題は、まだ付き合ってないことだけです！

頑張ります！

と決意を新たにしたことも、まだ、親には言えない。

4

さて、かくのごとく決意を胸に精進し始めてまもなく、高畠由紀とのミーティングがあったのだ。

そして、克子の「彼女には相思相愛の人がいる」との爆弾発言。

それはなんなの!?　もしかして、もしかして？

プライドでできあがった高い鼻をへし折られながらも、由紀はなぜか満足げな面持ちで帰っていった。最後の最後に、男に愛される要素満載でありながら結婚できない（ということにされた）麻美に、ざまーみろ的優越感を持てたせいかもしれない。

ドアが閉まり、由紀の高い靴音が消えた途端、麻美は克子に飛びついた。

「さっきのあれ、なんなんですか!?」

克子は表情ひとつ変えない。

「あれって、どれ」

「相思相愛の相手がっていうの」

「ああ、緑川くんのことよ」

わ、わ、わ。やっぱり、そうなんですか？　てことは、彼のほうもわたしに好意を持っていると、あなたは知ってるんですね！

麻美の反応など歯牙にもかけない克子は、所長室に戻りながら得々と話を進めた。

「彼、末っ子の一人息子だから、家を継ぐのが既定路線で、本人もそれでいいみたい。とにかく、母親が溺愛してて、そのうえ三人のお姉ちゃんたちのペット。可愛がられて甘やかされて育ったから、なんでもやってもらうのが当然と刷り込まれた無能男よ。めんどくさいことに対応できないから、恋愛欲は幼稚園児並み。身の回りの世話をしてくれる人がいるから、結婚の必要を感じない。図体は大人でも、中身はお子ちゃまなのよ。結婚相手としては最悪ね」

え、そうなの？　それはつまり、彼のことはあきらめなさいと宣告してるわけ？

頭に浮かんだ疑問の答えを聞きたくて、麻美は小走りで克子の後を追った。

所長室のドア前に到着した克子は、クルリと振り向いた。そして、うるさそうに眉をひそめた。

「今日の仕事はもう終わり。帰っていいわよ」

「あの、でも」

ここまでしゃべって、それはないでしょう。

緑川が無理と思うだけで、ここにいる意欲が九十パーセント減退した。残り十パーセントも風前の灯火《ともしび》。

恨めしく見上げる麻美に、克子はため息を一つついて、やや優しげに語りかけた。

「緑川くんは母親や姉たちに囲い込まれた箱入り息子で、経験値が少ないのよ。恋愛欲が幼稚園児並みというのは、家族ではない女に男としてのアレコレを教えてもらえば、成長するだろうってこと」

つまり、わたしがアレコレ教えてやれば恋人に成長すると、そういうことですか？

舌がしびれて機能しないが、言いたいことは目からダダ漏れ。克子は頼もしく、頷いてくれた。

「あなたに、あっちの女家族軍団と闘う覚悟があれば、可能性はゼロじゃない。緑川くんが手つかずのままなのは、母親が密着している男は嫌われるからよ。それ、わかるでしょう？」

わかりますとも。マザコン男はハナから切り捨てるのが、シングル女の常識だ。

「でも、そのぶん、緑川くんはスレてない。女の言いなりになる癖がついてるから、やりやすいわよ。あなたの男受け要素満載の女子力で、引っ張り込んでみれば？」

えー、そうなの？　わたしのやり方で大丈夫なのね。

抑えきれずに、ニンマリしてしまった。すると、克子から冷笑が返ってきた。

「でも、今まで通りで通用すると思っちゃ、ダメよ」

はいはい。どうすればいいのでしょうか。

麻美の眼差しはもはや、師匠に教えを請う弟子のそれである。

「あなたは、男に好感を持たれるコツを知ってる。でも、それはまだ表面的なテクニックでしかない。それでは、単なるお付き合いの関係しか作れない。人生のパートナーにふさわしい中身が、今のあなたには足りない。すごーく、足りない」

お言葉ごもっともです。わかります。ですから、その先をぜひ、具体的に。

「それよ」

克子はぴしっと言った。

「その態度。何もかも教えてもらいたい、依存心の塊。あなたは基本、甘えん坊。甘えん坊は自分に甘いから、成長できない。だから、結婚したくても、できてないのよ。男は、自分が甘えたいの。甘えん坊の女はノーサンキュー」

「わたしはそりゃ、人間としてまだまだ甘いと思いますけど、甘えん坊じゃありませんー！」

麻美は鼻の穴を膨らませて、反論した。

「それなりに大人になってるつもりです。一方的に甘えさせてくれる人を求めてるわけじゃありません。結婚は支え合いだと思ってます！」

そうだもん。そう思ってるもん！

「正解」

克子はぴしゃっと言ったあと、微笑した。

「よかった。その答えで、これまでの研修が無駄じゃなかったことがはっきりして、安心したわ。あなたは結婚できる人だと判断したから、うちに来るよう誘ってはみたんだけど、毎日近くで見ていて、わたしの見込みが甘かったかもしれないと、少し心配になっていたところだったのよ。もしかしたら、あなたも結婚不可人種なんじゃないかって」

ドキッ。

それはないです。絶対にないです。ないと言って！

「じゃ、うちにいるメリットを生かして一日も早く、いい結婚をしてちょうだいね。応援するわ」

応援してください。ぜひ、ぜひ、緑川との線で、お願いします！

すがる眼差しに、克子の優しげな微笑の薄皮はあっという間に破れた。

「応援というのは、したくなるような頑張りを見せてくれてこそよ。ミーティングがすんだあとのお茶道具なんかの後始末は、今日はわたしがやっておくわ。でも、次からは指示しなくても、クライアントが帰ったら、さっさとやってちょうだい。それも、あなたの仕事のうちなんだから」

恩着せがましく言うが早いか、克子は所長室の中に入り、ドアを閉めた。

「アケミちゃん。鍵、ここに置いとくから、戸締まりして帰ってね。鍵は隣の税理士事務所のドアのスリットから中に入れておけば、所長が回収するから。じゃね」

アケミではなくアサミだと間違いを訂正する間もなく、都丸が消えた。もう、そんなことは屁でもない。

わたしは緑川と結婚するんだ。ゴールテープが見えていれば、障害物もなんのその、走り続けていけるのよ。

それからの日々は、帰宅チェックする母が「何かいいことあったの？」と言うくらい、浮かれていた。

「別に。仕事に慣れてきただけよ」と、ごまかした。緑川ゲット計画のことなど、言えるものか。母に知られたら、絶対に彼の顔を見に行って、勝手に挨拶したりして、何もしないうちから向こうの母親に警戒されて、ぶち壊しにされる。

麻美のミッションとして言い渡された「由紀を愛される女に改造する講習」は楽しみだし、それ以外に頭も気も遣う作業はないも同然（克子はともかく、他のスタッフがあんなだもの）だから、緑川ゲットに集中できる。

ここって、最高の職場じゃない？　麻美の気分は、そこまで盛り上がっていた。

とくに仕事の予定もなく、克子が税理士事務所にかかりきりで静かな午後、トイレ掃除を鼻歌交じりで終えて事務室に戻ると、見知らぬ妊婦がいた。

敏江がすかさず「ご苦労さま」と優しげに声をかけてきた。

「ちょうどよかった。お客さんが来たから、お茶いれたところよ。こちら、リイナちゃん。リイナちゃん、こちら、新しいスタッフの麻美ちゃん」

麻美は挨拶用の笑顔を浮かべたが、リイナは無遠慮だ。

「えー、ほんと？　新人がいるとは聞いてたけど、人件費削減の鬼が言うことだもの。はったりだと思ってた」

化粧っ気のない地味な顔立ちだが、ふてぶてしく見えるのは、せり出した腹のせいだろうか。でも、この馴れ馴れしさは——。

「あの、もしかして、わたしの前にここで働いていて、寿退社した人、ですか？」

麻美を『真婚』に飛び込ませた餌であり、ここにいるモチベーションでもある「登録者と結婚した前例」とは、おまえなのか⁉

「違うよ。わたしは税理士事務所のほうのバイト。今は産休とってるけど、退社はしてない。働かなきゃ、食べていけないもの」

え。じゃあ。

「登録者と結婚したっていうのは、別の人なんですね」

「あっらー、克子、そんなこと言ったんだ」

リイナが嬉しげに吐いた一言に、麻美は凍りついた。

「克子の言うこと、真に受けちゃダメよ。大嘘つきなんだから。うまいこと言って、こき使われるよ。佐川には、クライアントの個人情報ハッキングさせてるしさ」

呼び捨てだ。すごい！

そんなことより、ハッキングって、それ、犯罪じゃないか！　それよりなにより、克子が大嘘つきだなんて。

いや、その片鱗《へんりん》は見えていた。「話が違う」的なことは、今までにもいろいろ……。

てことは、緑川に関する忠告も信用できるのか？　あれも嘘で固めた罠《わな》なのでは。

麻美の結婚を応援するなんて、本当は毛ほども思ってない。便利な駒として利用しただけなのか。

「そんな、ひどい……」

「できたばっかりの会社だもの。克子さんだって、事業を進めるためには、あれこれ考えて、だましだまし、じゃなくて、なんて言うんだっけ」

敏江がとりなしつつ、首を傾げたとき。

「試行錯誤」

いつのまにそこにいたのか、半開きのドアを背にした克子が、ぴしゃりと言った。

6

我慢できない人間を、誰が我慢する？

1

「所長、お久しぶり」

首だけで振り向いたリイナは、愛想よく挨拶した。さっきまで「克子」と呼び捨てにしていたのに、えらい変わり様だ。

「そんな身体でわざわざ来ていただくような、大事な用があったかしら」

克子は手に持ったスマホから目を上げず、冷ややかに言った。

「まだ大丈夫そうなんで、行きつけのコスメショップの期間限定セールに行ってきたんです。それで、ついでにみなさんにご挨拶したくてぇ」

ふてぶてしさが見事に消えて、人なつこいだけの女に変身している。が、無論、克子には通じない。

「あら、そう。じゃ、もう、いいでしょう。今にも生まれそうなお腹《なか》見せられたら、こっちが落ち着かないから、どうぞ、気をつけてお帰りください。麻美さん、ちょっと所長室に来て。話があるから」

それだけ言うと、所長室に戻っていく。この間、一度もスマホから目を離さない。つまり、リイナは完全無視だ。

立ち聞きしていたに違いない。そして、リイナが真相をばらしたことに怒ってるんだ。

いきなり浴びせられた新情報に大混乱しながらも、麻美の脳は超高速で結論を出した。

わたしは、だまされてた！

「はーい。お邪魔しましたあ。よっこらしょ」

敏江の手を借りて立ち上がった刹那、リイナが麻美を見た。わたしは結婚して妊娠してるのよ。勝ったね。そう言っているような目つきだ。

クッソー。

リイナはとっとと退散したが、あっちもこっちも腹立たしい麻美は動けない。

当然のように、所長室のほうから声が飛んできた。

「麻美さん。わたしは、今すぐに来てって言ったつもりなんだけど？」

居合わせた敏江も都丸もなにやら仕事をしているような振りで、我関せずの意思表明。

なにさ。あんたら、みんな、共犯者ね。怒りで燃え上がった麻美は、勢いよく席を立った。

おのれ、克子め。覚悟しろ！

ずんずん廊下を歩き、所長室のドアをすぱーんと開けた。

今日という今日こそ、嘘を暴いてやる。そして、ぎゃふんと言わせてやる！

頭にあるのは、それだけだ。ぎゃふんと言わせて、その後どうしたいのか、そこまでは考えてない。ただ、自分の純粋な結婚願望をコケにされた怒りは、そりゃもう、大きいのだ！　許せんのだ！

わたしだって、いつまでもやられてばっかりじゃないからね！

力一杯、怒りを顔に出して、麻美は克子の前に仁王立ちした。デスクでノートパソコンを操作していた克子はちらりと視線をよこしたが、すぐに作業に戻りつつ、さらっと口を切った。

「あの子が、あなたの前任者。奇遇だけど、ちょうど今日、あの子がやっていた仕事をあなたに本格的に引き継いでもらうための打ち合わせをしようと思ってたところよ。それで」

「本格的って、なんなんですか！」

やったあ。初めて、克子の話の腰を折ってやった！

克子も驚いたらしく、手を止め、口を閉じて麻美を見上げた。

やった、やった。この女を黙らせた。快挙に興奮した麻美は、勢いに乗って叩きつけた。

「リイナさん、『真婚』じゃなくて、税理士事務所のほうで働いてるそうじゃないですか。登録者と結婚したっていうのも、違うって。所長は大嘘つきで、人を利用することしか考えてないって。佐川くんにもハッキングさせてるって。もう、悪徳業者じゃないですか！　わたしにも、何か悪いことさせようとしてるんでしょう。わたしの結婚を応援するなんてうまいこと言って、だまして利用して、サクラにしたり、モデルにしたり、すっごい安い給料でこき使って、そうだわ、お金だって払わずに計画倒産して、自分だけお金持って香港《ホンコン》に逃げるとか、そんなこと、するつもりなんでしょう!?」

さすがにここまでで、息が切れた。ハアハア肩で息をする麻美を、克子はじっと見つめた。それから立ち上がると、冷蔵庫からミネラルウォーターのペットボトルを出し、コップに注いで、麻美に差し出した。

麻美は受け取り、飲んだ。じっと睨みつけたままなのが、闘争心の表れだ。言いたいことが、どばっと出た。なんで香港なのかわからないが、自然に出てきたのだ。言おうと思えば言えるじゃん。その喜びで、今までにないくらい強気をキープできている。

やったね。満足して仰向いて水を飲んだら、むせてしまった。咳《せ》き込んでいると、いつのまにか後ろに回った克子が応接コーナーのソファを移動させて、麻美の肩に手を当てた。軽く押されただけで、すとんと腰が落ちた。仁王立ちでわめくと、疲れるのだ。

克子はデスクに戻ると、ゆっくりノートパソコンを閉じた。そして、言った。

「言いたいことは、それで全部？」

どこにもトゲのない、余裕たっぷりの眼差しと声音だ。

「他にもあるなら、全部言ってちょうだい。わかるように説明するから」

「……今のところは、あれくらいです」

麻美は心ならずも、上目遣いになった。それを確かめてから、克子は言った。

「リイナの件だけど、確かに三年前に税理士事務所のアルバイトとして採用した。で、『真婚』を立ち上げたときに手伝ってもらったのよ。もちろん、本人の了解をとった上でね。それで、『真婚』のスタッフとしての仕事に専念してもらおうと思った矢先に結婚して、あっという間に妊娠したのよ。出産後復帰する気でいるみたいだけど、多分、無理ね。仕事と育児の両立なんて、あの子には無理」

そんなこと、どうでもいい！

「『真婚』に登録した人と結婚したんじゃない、みたいなこと言ってましたよ。どういうことですか!?」

「それは見解の相違」

克子はすぱっと答えた。ケンカイノソウイって、なに？　すぐには理解できず、麻美の怒りの炎がパワーダウン。その隙を逃さず、克子はすらすらと説明した。

「確かに、相手はリイナが前から付き合ってた人よ。その縁で、立ち上げたばかりの業者なので登録者数を稼ぐために、名前を貸してくれるだけでいいから登録させてもらえないかとわたしから彼にお願いした。そして、彼も了解してくれた。相談システムの構築にも協力してくれて、独身男性に有効なアプローチの実験台になってくれた。だから、登録者と結婚したというのは、あながち嘘ではないのよ。というより、わたしがリイナと結婚するように仕向けたのよ」

克子は思い出し笑いらしき冷笑を、鼻先に浮かべた。

克子の説明はこうだ。付き合ってはいても、彼には結婚するつもりはなかった。リイナは使い捨ての彼女程度の気持ちだった。リイナはわかっていなかったが、克子にはわかった。だから、意見を聞くという名目で話しながら、彼を結婚に誘導した。ところが、リイナは愛されたからプロポーズされたと思っている――。

「あの子は頭が悪いのよ。自分の都合のいいようにしか、考えない。ただ、男受けのテクニックは持ってる。愛され願望の強い女は、みんな、そう。あなたもよ。それが、わたしがリイナの後釜にあなたを選んだ理由」

でも、でも、まだ疑惑が消えたわけじゃない。麻美は唾を飲み込んで、追及を続けた。

う。なんか、ぐさっときた。

「結婚に誘導したって、どんな風に？」

「それは」

克子はじっと麻美を見つめた。

「今の段階で、あなたに教えるわけにはいかない」

そんなあ。

「そういうの、ひ、卑怯《ひきょう》ですよ。結果が出たあとからなら、なんとでも言えるじゃないですか」

卑怯だなんて強烈な罵倒用語を使ったことに、後悔が押し寄せる。どれだけきつい倍返しをされるか。首を縮める麻美に、克子の静かな声が降ってきた。

「それは、そうね。つまり、あなたは、結婚する気のない人をその気にさせるテクニックを、わたしが持ってないと思うのね」

えと、それは、あの……。

疑ってはいるけれど、そうではないとも言い切れないわけで。もしも、本当に克子がリイナの彼氏を結婚に追い込んだのだとしたら、それはぜひ、自分と緑川に対して、やっていただきたいし……。

緑川の顔が浮上した途端、麻美の克子への反発は腰砕けとなった。

対応に詰まって上目遣いの麻美に、克子はさらに滔々《とうとう》と語った。

「佐川くんのハッキング行為というのは、登録申し込みをしたクライアントの自己申告の情報をチェックさせてるだけよ。資産状況はどうか、過去もしくは現在、トラブルを起こしていないか、婚活サイトを悪用した事実はないか、周囲の人の評判はどうか、とかね。といっても、銀行のサイトに侵入するなんて危ないことは、してない。オンラインショップの買い物履歴を見れば、ある程度金銭感覚がわかるし、人間関係で問題があるような人だったら、いまどきツイッターに実名入りで公開されてるし、ＯＬたちの裏サイトも使える。フェイスブックもね。その程度」

その程度って……。

「うちのポリシーは、量より質。その実績を作るためにも、身元がしっかりした人を選ぶ。たとえば入江さんは、税理士事務所のクライアントの紹介。由紀さんはわたしと共通の友人の紹介。だから、人物に間違いはない」

でも、ビジネスとして立ち上げたからには、縁故だけを頼るような悠長なことはしていられない、と克子は続けた。どうやって、結婚したいのにできていない優良なシングルを、有象無象《うぞうむぞう》で溢れる婚活市場の海からピックアップするか――。

「それで、いろんなソースで収集した情報からクライアントになりそうな候補にアプローチをかける前に、佐川くんに裏を取ってもらってる。佐川くんには、吸い上げた情報を悪用するような頭はないわ。だから、雇ってる、というより、悪用しようとする犯罪組織に取り込まれないよう、うちで佐川くんを囲い込んでるのよ。彼の親御さんは、その点でわたしを信用してる。でも、あなたはわたしを信用できないのね」

　はっきり言われると、ものすごく悪いことをしたような罪悪感にかられてしまう。それでも、聞いたばかりの整然とした説明で、克子への不信感が拭えたかというと、そうではないのだ。どうしても、丸め込まれた感が……。答えられず、不満げな上目遣いを続ける麻美に、克子はわざとらしくため息をついた。

「うちはまだ、業者の体をなしてない。試行錯誤の段階でシステムを確立できてないから、いちいち説明しない。それがアヤしい動きにしか見えないのなら、一刻も早く、辞めたほうがいいわ」

え、あの、それはちょっと……。

「わたしは、結婚したいのにしそびれている人たちの願いを叶える仕事をしたいと、本当に思ってる。ビジネスとしても成り立つと信じてる。ニーズがあるから。あなただって、結婚したいんでしょう？」

「……はい」

したいです。本音では「……」抜きで、もう、はっきりくっきり「したい！」です。隠すつもりのない本気発言だから、麻美は晴れ晴れと顔を上げた。

「なぜ、結婚したいの？」

「それは、家庭を作りたいからです。その、幸せな家庭を」

幸せな家庭って、なに？

そんな風に突っ込まれるのを、なかば覚悟した。麻美が抱く克子のイメージが、そうなのだ。ぼんやりした夢や希望を信じない人。

しかし、現実の克子は違った。

「そうね」

ニッコリ笑った。わ、ビックリ。

「幸せな家庭を作りたい。それは、誰もが願うことよ。本能と言ってもいい。歴史が物語ってる。人類は、家庭を作るようにできている。それが自然なのよ。だから、そうできないことへの欠落感が大きいの。それなのに、高度情報化社会の現代ではなぜか、結婚が難しくなっている。そうでしょ？　なんで結婚できないのか、理由がわからないでしょう？」

優しく訊かれて、麻美はふにゃっと頷いた。

「それはね」

克子は突き刺すように、人差し指を突きつけた。

「本人の責任。本人が間違ってる。本人が悪いの！」

そこまで言うか――。

麻美は言葉を失い、口を開けて固まった。

「結婚とは何か。それは本気で望んで本気で考えて改心すれば、簡単にできるものなのよ。受験と同じ。心構えと努力！　そうして得た結果は、きっとその人の人生をあるべき姿で豊かにするはず。わたしはこの信念を貫くために、『真婚』を成功させたいと必死なのよ。それなのに、あなたは」

克子は今や、立ち上がった。先ほどまでのほんわかした雰囲気はみじんもない。きりきりと眉尻が上がり、威圧的ないつもの克子だ。

「すごく残念だわ。あなたはリイナより頭も心がけもいい。この仕事を通じて、結婚する心構えをちゃんと学びさえすれば、いい結婚をして、いい人生を送れる。そうさせてあげたいと思った。でも、精神的にあまりにも未熟」

そ、それはそうですが。

「何か疑問があれば、わたしに直接ぶつければいいだけなのに、あなたは人の言う二次情報に簡単に左右される。そんなことじゃ、いい奥さんになれる人だと誰かに紹介することもできない」

誰かって、その思わせぶりな言い方、緑川のことですよね。そうですよね。

麻美もいつしか、立ち上がっていた。

「なにより、わたしを信用できないんじゃ、一緒にやれるはずがないわ。お互い、見込み違いだったってことで、お別れしましょう。バイトなんだから、退職届を書く必要もない。今、この場で口頭で受け付けます。今日までの賃金払うから、口座番号書いていって。ご苦労様」

そのとき、内線電話が鳴った。克子は冷たく麻美から目をそらし、スピーカーボタンを押した。敏江の声が緑川の来訪を告げた。

「すぐに、所長室に来てもらって」

わ、このタイミングで緑川が。

麻美は口をパクパクさせた。混乱のあまり、軽く呼吸困難になったのだ。

ノックの音がすると同時に、すらっとドアが開いて緑川が顔をのぞかせた。

「ご苦労様。奥の整備の前に、この部屋のコンセントとコードを総点検してもらえないかしら。そろそろ漏電が心配なのよ」

「いいっすよ」

緑川は部屋の隅に行き、しゃがんで作業ズボンのポケットからドライバーを取り出した。

そんな彼に、克子が「やりながらでいいんだけど、二十八歳独身男性の一人として、また緑川くんの意見を聞かせてもらって、いいかしら。仕事で必要なのよ」

「俺なんかで役に立つんすかね」

立ちます！

麻美は唾を飲み込んだ。

「もちろんよ」と、克子は先ほど鬼の形相で麻美を叱りつけていたのが嘘のように、明るく言った。

「それというのも、男が好きな女性像はどういうものかというところで意見が分かれてるのよ。うちの都丸は、あなた色に染まります、着てはもらえぬセーターを寒さこらえて編んでます、みたいな演歌な女が男心のオールタイムベストだって言うのよ。でも、世代が違うと、今のアイドルグループの子たちみたいな、そこらにいそうな元気で可愛い子がいいんじゃないかとも思うし。緑川くん、演歌な女、ＡＫＢ風の女の子、どっちが好み？」

「うーん、どっちもあんまり、ピンとこないっすね」

はずしたコンセントカバーの裏から埃を払いながら、緑川は楽しそうに答えた。

意見を語るのを、楽しんでる？

克子のデスクの前に突っ立ったままの麻美は、横目遣いで緑川の様子を観察するため、ジリジリと位置をずらした。克子がそれに気付いているのは明白だ。いわば、克子がこれ見よがしに投げた餌に食いついたのである。いいわよ。食いついたわよ。食いついたからには、せめて一口なりと飲み込ませていただきます。

「あら、そう。演歌はともかく、可愛いのもダメ？　ファッション雑誌で特集してるモテメイクとかモテ髪とか、男の人はああいう外見上のサインに簡単に惹かれると思うのは、間違い？」

「ああいうのが好きなのもいるでしょうけど、自分はそういう、可愛く見せてるっていうのが」

そこで、少し黙った。作業に集中するというより、言葉を探している感じ。

「ウザいです」

「あら、そう」

克子が面白そうに応じた。

「緑川くん、ぼーっとしてるように見えるけど、可愛さアピールが表面だけだってわかるのね」

「ていうか、女の子がなに見てもカワイイカワイイってキャーキャー言うでしょう。あれが、ウザいっていうか。俺、よく、わかんないんすよ。可愛いって、どういうことなのか」

「あの子、可愛いなって思ったこと、ないの？」

「顔が可愛いとかは、思いますよ。でも、まあ、それだけです。だから、付き合いたいとか、全然ないですね。自分がそんな可愛い女の子と付き合えるとも思えませんし」

おっとー、それは麻美にとっては異人種だわ。というより、「可愛い」センサーが作動しない超鈍感男なんじゃ？　それは困るわよ。

「子犬や子猫見ても、何も感じない？」と、克子が訊いている。

「ああ、ああいうのは普通に可愛いと思います」

「それと同じ感覚が、女性に対しては持てないってこと？」

「うーん」

そう言い切られるのも不本意そうだ。

「ツーリング仲間で田舎のじーさんばーさんの写真撮りまくってるやつがいて、今日はいいのが撮れたってメールくれるんですよ。日よけ帽かぶって畑仕事してる、しわくちゃのばーさんが恥ずかしそうに笑ってるのは、可愛いと思います」

緑川が遠くを見る目で、ほっこりと頬を緩めた。思い出し笑いだ。

そうか。いつかのスマホの着信見て笑ったのって、それだったの？

麻美はニンマリしてしまった。

彼女メールではないのは、はっきりした。それに、この一件から知れる彼の感性ったら、その笑顔同様に、可愛い！

もう、悶《もだ》え死ぬ！

ひそかにウヒウヒしている間にも、克子は話を続けている。

「緑川くんは、飾り気がない人が好きなのね」

「そうなんすかね」

「飾り気のない人って、超レアよ。飾り気がないふりしてる人は、たくさんいるけど」

そこで克子は麻美をチラリと見た、ような気がして、麻美はドキッとした。

まさに麻美は、飾り気がないふりならできると思ったのだ。

「女性って、飾り気なしで生きるのが難しいのよ。おばあさんになったら、そうなれる。だから、飾らない、自然な笑顔ができるの。でも、飾り気五割以下の女性なら、年齢に関係なく、たくさんいる。緑川くんは自己主張や飾り気が百パーセントの女にひっかからないから、きっと自分を飾らない、素直で、それでいて芯の強い人に出会えるわ」

「そうっすかね」

緑川の声が心なしか弾んでいる。

結婚は面倒くさいと思う一方で、「自分を飾らない、素直で芯の強い人」とは出会いたいわけね。

そうよね。誰だって、愛されたいもの。

「あら、おしゃべりが過ぎて、仕事の手止めちゃったわね。ごめんなさい。もう、奥の作業に移ってもらっていいかしら」

克子が言うと、緑川は「ういっす」と立ち上がり、タペストリーをめくって「奥の間」に消えた。いなくなったのを確かめた麻美は克子の前に進み、勢いよく頭を下げた。

言外にその熱望を力一杯押し込んで、麻美は膝まで頭を下げた。

だから、リイナにしたように、緑川をわたしとの結婚に誘導して！

「心を入れ替えて、一生懸命働きます。もう二度と、疑ったりしません」

わたしが間違ってました。本来の目的を見失ってました！

声を殺して、しかし、しっかりと謝った。

「すみません！」

2

麻美の下心に薄く上塗りした謝罪を、克子はあっさり受け入れた。

「わかってくれて、よかったわ。じゃ、早速、話を前に進めます」

麻美をデスクの前の硬いパイプ椅子に移動させ、克子が渡したファイルには『営業活動の骨子』なる、役所の書類並みの堅いタイトルがついていた。しかし、内容はこうである。

麻美のこれまでの人生で知り合った人間すべてとコンタクトを取り、未婚の男女の情報を収集すること。そのために、SNSを最大限に活用する。同窓会や以前勤めていた会社の同僚、取引先、かつて参加した合コンのメンバーなど、できるだけアプローチすること。

併せて、他の業者主催のお見合いパーティーに参加し、あぶれ組に絞って連絡先を集める——なるミッションもある。

「これ、サクラで行けってことですよね」

ヴァーチャル世界で佐々木瞳にされただけでなく、リアル世界でもサクラをやる。そのことに、怒りはない。だって、わたしには、サクラにぴったりの魅力があるんだもん。仕方ないわよね。

それはいいが、サクラにはサクラの災難がある。あぶれ組に絞ってアプローチするのはいいとしても——。

「わたしに申し込んできた人は、どうするんですか？」

「いい人だったら、どうぞ、お受けして、お付き合いして、いい感じなら、ぜひ結ばれてちょうだい。そのかたわら、あぶれた人の情報を集めてくれればいいんだから」

そんな風にうまくいけば、麻美にも好都合なミッションだが。緑川のことを一瞬忘れて、麻美は納得しかけた。しかし、今までの経験から鑑みるに、お見合いパーティーで相思相愛の相手に巡り合う可能性は、すっごく低い。

そんなうまい話より、現実的な危険性がある。

「あぶれた人に声をかけていって、あとから『真婚』に勧誘したら、デート商法ってことで訴えられたりしませんか?」

「そこは、わたしがうまくやるわ。あなたが集めた情報をさらに精査して、これはと思う人にわたしが直接、コンタクトをとる。婚活中の人は、結婚できれば仲介したのがどこの誰だろうと関係ないはずよ。そうでしょう?」

「あの、でも、わたしを気に入って、ストーカーになったりしたら」

「ストーカーの素性を調べて、あらゆる方法で妄想をつぶす」

克子はこともなげに言い切った。あらゆる方法って……。

「そんなこと、できるんですか?」

「できるわよ。それに、ストーカー殺人は事件だから大々的に報道されて、あたかも、この世にはストーカー予備軍がうようよしているように感じさせるけど、関係妄想で現実を見失うような人間は、婚活なんかしない。結婚って、現実そのものだもの。だから、余計な心配しなくていいの」

へー、そんなものなのか。

「大丈夫よ。あなたのことは、守るから」

克子は断言した。ああ、この言葉、言ってもらいたい人が違うけど、それでも、言われて嬉しい言葉ナンバーワンだな。などと、麻美の脳内スクリーンは、緑川の顔を一杯に映し出した。その顔がこの言葉を言う妄想は、膝の上にバサリと落ちてきた新たなファイルに邪魔された。

「情報集めはルーティンワーク。すぐにでも始められるところから手をつけてちょうだい。で、こっちが直近の作業」

表紙のタイトルは『入江・高畠プロジェクト』だ。

「あの、これって」

自分用にコーヒーをいれつつ、克子はちらりと振り向いた。

「この二人を結婚させるわ」

え、それって、安易な、ていうか、もしかして……。

「うちのクライアントって、この二人しかいないんですか？」

「何言ってるの。他にもいるわよ。バカね」

克子は歯を見せて、からからと笑った。

なんか、わざとらしい。アヤしい。克子の言うことは相変わらず、信用できない。

「この二人がもっとも成婚に近いからよ」

はいはい、そうですか。

麻美はもはや、怒らない。他人事だから、誰と誰が縁づけられようが構わない。それにしても、神様じゃあるまいし、たまたま手近にいた男女をくっつけるなんてこと、できるのか？

「わたしにはわからないんですけど、あの二人って、相性がいいんですか？」

「そんなこと、わからないわ」

「え……!?」

「相性がいいような気にさせればいいの。二人とも、本音は一緒。結婚したいのよ。すごーくね。その点は、完全に一致してる。だから、そこに集中して押して押して押していく。結婚できなくなるのは、ピンとくるとかこないとか、条件とか、これでいいのかとか、考えすぎて事をこじらせるからよ。だから、好きなタイプがどうこうみたいな、芸能人なら誰が好きかレベルの問題にこだわると本質が見えなくなるということを、まず、叩き込んだでしょ。二人とも、まともな社会人。性格に難はあるけど、普通の範囲内。健康状態や家族関係もクリア。結婚できない理由がない。あとは本人の気持ち次第。それをわからせればいいの」

「そうなんですか？」

わたしだって、すごーく結婚したい。でも、だからって、今すぐ結婚できるのなら緑川以外の男でもいいと思うかどうか……。

好きなタイプにこだわるのが間違いの元と二人に叩き込む作業に立ち会いながらも、麻美自身は「好きなタイプ」は譲れないと思っている。

それに、入江と由紀は互いに「好きなタイプ」と程遠いはず。

「頭ではわかっても、気持ちとしてどうしても好きになれなかったら、どうするんですか？」

「好きにさせるのよ。それが、このプロジェクトの核心」

麻美に否やはない。興味津々。かつ、有益。

だって、「その気にさせる」「好きにさせる」プロジェクトですよ。使えるじゃないですか！

3

かくて『入江・高畠プロジェクト』は、粛々と進行した。

入江は、二週間のダイレクトレッスンでかなり変身した。カツラをやめ、板前風の短髪にし食事制限と水泳を始めて、体重を二キロ落とした。

こうすると、薄毛が目立たない、とまではいかないが、容認できる。女目線から言えば、カツラ頭よりは好ましい（と、入江講習チームである克子、敏江、麻美がこぞって力説した）。

ふんぞり返って座る姿勢と、えらそうな口ぶりをやめさせた。座るときは背筋を伸ばし、肩の力を抜く。それを可能にするために、腹筋背筋を強化する。

服装は清潔感だけにこだわる。ファッションセンスはむしろ、ダサくてオーケー。「着るものは配偶者任せ。あなた好みの男にしてください」というのを、示せばよし。

会話に際しては、「口下手で、退屈させてしまうから、聞き役をさせてください」と言い、かつ、実践する。

入江はこれらの指示を、おとなしく受け入れた。

それも、餌があればこそだ。

具体的な目標を与えれば、男はひたすら頑張る。ご褒美の鰯《いわし》がほしいから芸を覚えるアシカと同じ。それが、克子の主張だ。

しかして、入江を動かす鰯とは、なんぞや。

それをつかむため、克子が入江に語らせたのが、「結婚生活」への甘い夢だった。

ダイレクトレッスン初日に、克子は開口一番、入江にこう言った。

「今の日本では三組に一組が離婚するという説があります。けれど私どもは、破綻するようなご縁は結びたくございません。ですから、入江様には建前ではなく、どんなに子供っぽく、手前勝手でも構いませんから、結婚生活に望む具体的なイメージをお話しいただきたく存じます」

そう言われて入江は腕を組み、目を伏せた。そして、うつむきがちのまま、ぼそりと言った。

「やっぱり、飯だな。家で、差し向かいで飯を食いたい」

へえ、そうなんだ……。克子の隣でメモを取りつつ、麻美は少し唇をとがらせた。

「胃袋をつかめ」と昔から言うが、恋愛至上主義の麻美は、その単純さが気に入らなかった。

それが本当なら、料理さえできりゃ、どんな男でもお好み次第ということになるじゃない。ご飯作ってやれば、愛されるの？　男心って、犬並みに単純なの？

しかし、いったん堰《せき》を切った入江の「夢の結婚生活」語りは止まらない。

「朝起きたら、味噌汁《みそしる》の匂いがする。食卓に座ると、炊きたての真っ白いご飯が差し出されてね。食べてると、夕飯、何にする？　なんて訊かれて、なんでもいいけども魚かな、とかね。弁当なんかも作ってくれたら、嬉しいな。うちのおふくろがずぼらでね、まともに朝食を作ってくれたためしがない。夕食だってコロッケとか酢豚とか、近所で買ってきたやつでね。専業主婦なのに、パチンコだの大衆演劇だの、遊び歩いて」

「寂しい子供時代を送られたんですねえ」

入江の横に侍《はべ》る敏江が、思い入れたっぷりの合いの手を入れる。

「だから、主婦らしい主婦というのに憧れがあるんだな。行ってらっしゃい、お帰りなさい、そういう声を聞きたいと、ずっと思ってきた。でも、こんなことを言うと女の人が笑うんだよ。タイムマシンで昭和初期に行けとかね。僕らの世代は大体、女が強いから。自分も結婚したら、母親のようなわがままな妻にへいこらしてた父親みたいになるんじゃないかと思うと、なんか、こう……」

「それで、そのお年まで結婚に積極的になれなかった。よく、わかりました」

克子が入江の消えた語尾を補った。

「入江様はロマンティストでらっしゃいますね。夢は夢でしかないとあきらめて強い妻の尻に敷かれる結婚に妥協するのが、どうしてもできなかった。そんな入江様が、私どもに登録なさった。それは、独身男性に対する社会のプレッシャーに負けて、ロマンを捨てて妥協する覚悟がおできになったからですか？」

入江は黙って、うなだれた。

そうか。いつまでもシングルの女はせいぜい、「性格がきついんでしょうね」と思われるくらいだ（実際、わたしの周囲のシングル女子もそうであることが多いし）。でも、いつまでもシングルの男は「重大な問題があるに違いない」と白い目で見られがち。世間の風当たりは、シングル男に冷たい。わたしも、四十過ぎて婚活している入江を「こんなだから、できないのよ」なんて見下してるもんなあ。麻美は少し、反省した。

質問に答えない入江に、克子は優しげに言った。

「妥協はなさらないでください。入江様が願っておいでの結婚生活は、きっと実現します。入江様が帰宅なさったら、お帰りなさいと迎えて、手作りの温かい夕食を差し向かいで食べる奥様候補を、私どもはご紹介できます。ですが、その前に一つだけ、確認したいことがございます。子供は欲しいとお思いですか？　子供が産めるかどうかが条件に入りますと、若い女性であることが前提になりますので、かなり難しくなるのですが」

「それに関しては、こだわらない」

入江は即答した。

「正直、子供が欲しいと思ったことはあんまりないんだ。いい子供時代が送れなかったせいかもしれないがね。うーん」

入江は心持ち天を仰ぎ、もう一度考える顔になった。

「やっぱり、欲しいのは子供じゃない」

ふーん。わたしは子供を欲しがらない男の人って、あんまり好きじゃないなあ。などと、どんなときも自分に引き寄せて考える麻美をよそに、克子は「わかりました」と答えるや、入江の目前にタブレットを差し出した。

「この方が、入江様に行ってらっしゃい、お帰りなさいとおっしゃる場面を想像なさってください」

そこに映っていたのは、ピンクのアンサンブルにモカブラウンのチューリップラインのスカートを合わせ、ゆるいウェーブの髪を肩に垂らした高畠由紀である。少し歯を見せた明るい笑顔で、こちらを見ている。

画像に見入る入江の頬が、どうしようもなく緩んだ。この結果に、麻美は感慨を覚えた。

「ポージングして撮影したものではありません。スナップ写真のほうが、この方のありのままのご様子をごらんいただけると存じまして」

克子はこう言うが、この画像を撮るにあたっては、それなりの苦心があったのである。麻美も頑張った。

しかしながら、入江の嬉しそうな顔を見ると、麻美の胸にちくりと痛みが……。

4

講習に現れる由紀は、ニットのアンサンブルにAラインのスカートとか、小花模様のブラウスにフレアースカートとか、感心なことに身なりを変えていた。ただし、顔からは「無理してます」然とした険しさが消えない。

由紀のダイレクトレッスンを担当する都丸は、それでも盛んにほめまくった。

「高畠様はそもそも土台がおきれいだから、何を着ても映えると思ってはおりましたが、いやはや、ここまで楚々《そそ》とした風情におなりとは」

楚々って、どこが。と、麻美は思ったが、ほめられて喜ばない女はいないから、由紀の表情が緩んだのは見逃さなかった。

外見面ではこのようにモデルチェンジを受け入れた由紀だったが、話し方と仕草のテクニック講習においては一筋縄ではいかなかった。

「まず、相手の持ち出した話題に対して、いきなり、イエス、ノーをはっきりさせるのは控えてください。一拍、置く。それをご自分に言い聞かせていただきたい」

都丸が言うと、すかさず「言いたいことを言わずにすませろって言うの？」

いきなりの切り返しはＮＧと言われた先から、こうである。戦闘態勢が第二の本能と化しているらしい。

「自分の意見を持つのは大事ですわ。高畠様」

克子が冷静に割って入る。

「ただし、いの一番に主張しようとするのを待っていただきたいのです。相手の意見を全部聞き、なるほどと受け止める。しかる後に、わたしの考えはこうこうですが、そちらのおっしゃることももっともだと思いました、とお答えになるのがベターだと存じます」

「もっともだと思わなかったら？」

ああ、もう、すぐ、これだよ。この人、これだから嫌われるって、身にしみてないのかしらね。

この手の女に目の敵《かたき》にされてきた麻美にとって、突っ込みどころ満載の由紀と向かい合う時間帯は、正直言って、楽しい。

「思えるようになったら、高畠様の思考力がレベルアップしたことになるのですが」

克子はマイルドに批判してから、淡々と続けた。

「この段階では、まったく理解できなくても、もっともだと思ったことにしてください」

「それ、無理をするってことでしょう。そんなことで、いい人間関係が築けるのかしら」

バッカねえ。わかったふりしてあげれば、相手は喜ぶのよ。喜ばせたら、いい人間関係になるじゃない。

麻美は、そう思う。由紀は、なんというか、ちゃんとしたいと思い過ぎだ。相手を理解するなんて、そんな必要がどこにある。理解と愛って、別物よ。うまく説明できないけど、そんな気がする。

「高畠様」

克子が冷静に言った。

「あらかじめメールでお送りした脳科学のテキストを読んでいただけましたでしょうか」

脳科学のテキストとは、克子が各種メディアからパクった（克子的には引用した）男女で違う（という）思考方法の解説に持論を混ぜ込んだ、我田引水テキストである。タイトルは『男と女は違っているほど、うまくいく』。

いわく、ヒトとして生きていくうえでの必要条件として、男は目的に向かって一直線に考え、行動する垂直思考、女は横の関係性を重視し、サバイバルのために他者の感情を読み取ろうとする水平思考を生まれつき備えている、とかなんとか。

だから、行動や会話に対し、意味を求めるのが男で、共感を求めるのが女。この違いがあってこそ、カップルとなったときに互いを補完できる。なのに、原始の共同生活から遠く隔たった現代、男は意味のない女の行動や思考パターンに苛立《いらだ》ち、女は自分の行動や話にまったく共感を示さない男に腹を立て、こんなことでは一緒にやっていけないと決めつける傾向がある。

価値観が同じ。食べ物の好みが同じ。笑いのツボが同じ。それを相性のよさと勘違いし、結婚相手の条件にあげる人間は、自分に満足し、「自分を変えたい」と一度も思ったことのない自己満足の塊であると反省すべきである。

ソウルメイトなんぞを求めるのも、言語道断。一目でピンときたと称して結婚して、二年もたずに離婚したカップルがどれだけいるか、ご存じか。

自分と違う人間とは、自分が持っていないものを持っている、自分に足りないものを補ってくれる存在である。自分との違いが大きいほど、あなたは今までの自分を大きく超えることができるのだ。

なんてことが書いてあり、同様のものが入江にも送られている。

「ざっと、目を通したけど」

由紀はやや、きまり悪げだ。宿題の不備を指摘された優等生のよう。

麻美も仕事の一環として渡されたが、全体に堅い論調に気持ちがついていかず、読み流した。

ただ、価値観が同じとかソウルメイトとか、そんなものを求めたことはない自分は、このテキスト的には合格だと安心した。

大事なのは、「好き」という気持ちだ。そして、好きな人に好かれて、カップルになりたい。それが麻美の原理原則。とはいえ、具体的な対象がいなかったら、もっといろいろ考えて、とどのつまりは「出会いがない」のドツボにはまるだけだったろう。

でも、今は緑川がいる。

彼が好き。でも、この「好き」を迷わず「結婚したい」に結びつけられるのは、年のせいじゃないわよ。鮫島との過去があるからよ。

鮫島のことも好きだった。しかし、「好き」のありようが違う。

鮫島とのときは、会いたい、見つめられたい、抱かれたい、と完全に恋愛欲だけだった。だが、緑川に対しては、鮫島のときのように感情の嵐に翻弄され、ちょっとしたことで泣き、四六時中彼のことばかり考え、妄想し、現実の生活がおろそかになるような情熱の嵐がない。顔が好みで一発で「好き！」となったのは同じだが、緑川はそれからあとが違うのだ。じわじわ来るというか、冷静にあれこれ感情を検証できるというか、とにかく恋愛感情だけではない、と思える。身元もしっかりしてるし。ほら、身元、なんて考えるところがいかにも、結婚でしょう？　身元なんかどうでもよくなるのが、恋愛の醍醐味なんだから。

恋愛だったら、この世にいるのは彼とわたしだけ。でも、緑川のことを思うとき、彼と家族になり、彼の子供を産み、育児や生活の苦労で一緒に悩みたい、なーんて考えちゃうのだ。

鮫島といるときは、きれいでいたかった。おならもげっぷも洟《はな》をかむのもできなかったし、彼といる時間帯には絶対に大きいほうができなかったから、便秘になった。

ところが、緑川が相手なら、おならをしても「わ、ごめん」ですませられる。逆に、彼がおならをしても、「もう」とか言いながら、笑って臭い消し行動ができる。まだ予定の行動だが、きっと、大丈夫。今回の「好き」は、恋愛モードじゃない。麻美は、その直感を信じているのだ。

緑川は女家族に甘やかされて育ち、女心が小指の先ほどもわからず、また、わかる必要も感じず、思いやりがなく、自分の面倒が見られず、そんな自分のありように自覚がなく、従って反省もせず、うすらぼんやり生きているだけのサルである、と克子に警告されても（そして、その通りだろうとわかっても）、なーんか、彼ならば使えないサルでも我慢できそうな、そんな気がするのだ。

そう。我慢。

克子が今しも、テキストを持ち出して由紀に説教しているのは、まさにそれだった。

「多少の無理をして相手に合わせる、つまりは我を抑える、そんな我慢ができるかどうか。それを考えてください。我慢できない人間は、結婚してはいけません」

「でも、我慢ってストレスの元凶じゃない」

由紀は唇をとがらせた。

「それなら、なぜ、結婚しようとなさっているのでしょう」

克子は小首を傾げて、やんわり問いかけた。

「好きな時間に寝起きして、料理が面倒なら作らない、掃除もしない、誰にも迷惑かけてないんだからと、自分を許し放題。一人暮らしなら、我慢しなくてもすむ。それなのに、高畠様はそれを捨てようと思われた。それは、快適にも限界があると、お感じになったからですよね。賢い高畠様は、これではいけないとお気付きになった。そうではありませんか」

「それは、まあ……」

由紀は曖昧に言葉を濁したが、そんな立派なこと、言ってたっけ？

麻美は頭の中で、由紀が口にした結婚願望を思い出そうとした。確か、いたわり合うとか、ベターハーフとか、要するに「ひとりぼっちは、もうイヤだ」でしょ。

「それならば、もう一歩踏み込んで、よくお考えになってください。日常生活において我慢をしたことのないあなたが誰かと同居するようになったとき、我慢を強いられるのは自分だけだと言い切れますか？　あなたは、誰も我慢させずにいられますか？」

由紀は黙った。

ホッホッホッ。言ってやれ、言ってやれ。

「大丈夫」克子が力強く続けた。

「高畠様のように人生経験を積んだ大人の女性には、まったく個性の違う他人を容認する力が備わっています。若いうちに好きだからというだけでうっかり結婚した人ほど中年を過ぎてから、もう我慢するのはうんざりだと離婚を望んで、一悶着《ひともんちやく》起こすものです。その点、高畠様は我慢しない生活は空っぽ、もう、うんざり、と大人の考え方をしてらっしゃる」

そうか？　麻美はつんのめりそうになったが、克子は決めつける。由紀も否定はしない。

「ですから、新しい人生、新しい自分を始める準備はできておいでです。僭越《せんえつ》ながら、私が真婚を立ち上げましたのも、このような、大人のための真の結婚をお手伝いしたいと願ったからです」

克子はそこで、慎ましやかに頭を下げた（ちなみに、この長広舌は入江に対しても、まったく同じ調子で振るわれた）。

「お互いに我慢し合うのが大人の関係ではございますが、そのウォーミングアップとして、人の意見に耳を傾け、なんでも独り決めしてきた習慣を見直す訓練をしていただきたい。それが、私どもが考案したダイレクトレッスンの意味でございます。お気に召さない部分も多々ございましょうが、ここは我慢して、努力していただけませんでしょうか」

克子が再び頭を下げ、麻美もあわてて右にならった。

「……自分の欠点には自覚があるわ。直したいとも思ってます。納得できないことがあるとつい文句を言うけど、努力はちゃんとします」

由紀はつんと顎を上げて、優等生発言をした。

克子が微笑で頷いたのを合図に、それまで存在を消していた都丸が「では、続けさせていただきます」と、口を切った。

「意見はすぐには言わない。これを肝に銘じてください。そのかわり、ありがとうとごめんなさいは、素早く言う。それも表情付きで。ありがとうのときは、満面の笑み。はい、ごらんに入れて」

ここで、麻美の出番である。由紀に厳しい眼差しを向けられ、麻美はビビった。

「あ、ありがとうございますぅ」

満面の笑みになったかどうか、自信がない。ただ、間の抜けた曖昧な笑顔には、なった。相手を脱力させれば、笑顔はオーケーなのである。

「ごめんなさいは、八の字眉が基本です。はい、どうぞ」

都丸の指令が不快ではない。由紀の冷たい表情が、逆に闘志をかき立てた。

「ほんとに、ごめんなさいぃ」

八の字眉になるのは、楽勝。もはや麻美の第二の本能である。やれるもんなら、やってごらん。オッホッホ。

「したことに対して、お礼を言われたときは？」

「そんなぁ、たいしたこと、してませんからぁ」

両手を心持ち前に出して、左右に振る。

「今、ケッという顔、なさいましたね」

都丸が鋭く、突っ込んだ。図星を指された由紀はむっと口角を下げた。

「高畠様は正直ですねえ。いいことです。しかしながら、そのように批判がましく、かつ、女性こそが求められて然《しか》るべきです。腹黒い女より、高畠様のような嘘のつけないそれがすぐに顔に出る女性は、男には……」

都丸は残念そうに首を振った。

「ちらっとでも皮肉や軽蔑を見せられると、男は反感を覚えます。ですから、男の前では何か感じても心で毒づくだけにとどめて、顔には出さないよう、自制なさっていただきたい」

「でも、それ、嘘をつくってことでしょう。腹黒い女より、正直なほうがいいと言ったばかりじゃないの」

由紀の切り返し癖は、ちょっとやそっとでは直らないのである。

「心がけは、そうです。でも、男は批判に弱い。かつ、可愛い見せかけに、ころっと参るのです」

「わかってるわよ。バカな女がいいのよね」

「その通り。男はバカです。バカを自覚してますから、女性もバカに見えるほうが安心できるんですよ。底抜けのバカ。果てしないバカ。救いようのないバカ。バカな上にもバカ。それが男です。ところが頭のいい高畠様は、今のようにほぼ本能的に会話を論争に持ち込んでしまう。そんなことでは良縁も逃げます。ああ言えばこう言う癖は、直す。この決意で、バカな男が飛びかかって首をしめたいくらいのバカを言ったときには、キョトンとなさってください、はい、キョトンというのは、こういう顔です」

打ち合わせなしで水を向けられ、麻美は「へ？」と間の抜けた反応をした。

「これがキョトンの顔です。口と目が軽く開いておりましょう？　どこにも力が入っておりませんね。ついていけずに驚いている。わからないから、反論もなし。この反応に、男は満足いたします。この顔には、否定の要素がないからです」

そんなつもりはないんだけど。麻美はあわてて、やんわりと口を閉じ、目を細めて由紀にテヘヘ笑顔を向けた。なんとなく「申し訳ありません」な気持ちだ。

「そんなの」

由紀は唇をとがらせた。

「練習しようったって、無理よ」

「画像にしてお送りしましょうか？」

克子がタブレットを構えた。

「いやよ、そんな……」

「あ、今の顔」

都丸が鋭く言った。

「え？」

由紀が反応した途端、シャッター音がした。克子が撮影したのだ。そして、画像を由紀に示した。

由紀はちらりと横目を遣って画面を見たが、すぐにうつむいた。

「意味がわからず、無防備に問い返す顔。困惑と、理由のわからない恥ずかしさ、弱気。それが絶妙に混じり合った曖昧にして色香漂う、女の顔です」

都丸がすらすらと口にした解説の言葉は、麻美にはなにがなんだかわからない。だが、画像を見た由紀が消え入りそうに恥ずかしがっているのだけは、わかった。恥ずかしさが強がりに転じていた今までより、確かに……。

「高畠様、色っぽいです」

麻美は、こそっと感想を口にした。

「え？」

由紀は、目を見開いた。ものすごく驚いた様子だ。

「いえ、その、ごめんなさい。今までとあんまり違うものですから、ビックリして」

恐縮する麻美を前に、由紀は口をパクパクさせた。どう反応すればいいか、わからないらしい。

克子がそっと言った。

「高畠様」

「彼女は今、高畠様をほめました。それに対して、返事をなさってください。無視は失礼です」

「あ、あの、ありがとう」

「それでもよろしいですが、もう一言、正直な気持ちをおっしゃってください」

「その、そう言ってもらえて、嬉しいわ。恥ずかしいけど」

そのあと、由紀はうめき声を上げて、両手で顔を覆った。その場にいるみんなが、笑い声を上げた。そのときを逃さず、克子が呼びかけた。

「高畠様」

「？」

由紀が反射的に笑み崩れた顔を上げた。その瞬間、またしてもシャッター音がした。

かくして、入江を動かす餌ができあがった。

結婚するためのモデルチェンジに駆り立てる餌は、翌週由紀にも与えられた。

所長室で、麻美をモデルにした外見上のポイントについて、都丸が言うことについい、いちいち反論する由紀を黙って見ていた克子が突然、「失礼」と席を立った。そして、数分の後に現れたとき、背後に男を従えていた。

「高畠様。お見合いをセッティングしたい方がお見えになりましたので、ご紹介いたします」

「え？」

由紀も驚いたが、麻美はそれ以上だ。聞いてませんよ、スタッフなのに。

「急なことで、申し訳ありません。高畠様がいらっしゃることをお知らせいたしましたところ、少しだけ時間があるから寄りたいとおっしゃいましたので、顔合わせだけでもと存じまして――」

由紀の視線は、説明する克子の後ろに立つ男に注がれっぱなしだ。

眼鏡をかけた生真面目な雰囲気。背が高く、体格はすっきりして、スーツがよく似合う。逆にカジュアルな装いが想像できない。あえて言えば、仕事のできそうな切れ者っぽい雰囲気がある。

麻美のタイプではまったくないが、由紀が以前、画像を見て興味を示した人物に違いない。

「高畠様、勝浦様です」

一歩下がった克子の紹介で、勝浦は心持ち前に出て、由紀に軽く会釈した。

「初めまして。勝浦朔です」

「高畠です」

ぴょこんと立ち上がった由紀は、あわててひとつ咳払いをして、勝浦よりも低く頭を下げた。

「お邪魔でしょうが、お会いするのに写真だけというのは性に合わなくて、ご挨拶だけでも実際に顔を合わせてやっておきたいと存じまして。こんな風に挨拶だけで帰るのも失礼と言えば失礼だと、漆原さんに釘《くぎ》を刺されました。ですので、もし、僕ではダメだとお思いなら、キャンセルしていただいても構いません」

言うことに淀《よど》みがない。あまりの如才なさに、麻美は軽く反発を感じた。ところが、由紀はこのスマートさに、一層くらくらしたらしい。

「いえ、あの、わたしは来ていただいてよかったと思っております」

よかったら、このままお持ち帰りください。と言いたいくらいだろうな。勝浦がタイプでないぶん、心置きなく野次馬でいられる麻美は、興味津々で由紀の様子を観察した。でも、今すぐは無理よ、ダメよ、準備ができてないとアタフタしているのも見え見えだ。

不意打ちで初めてむき出しになった由紀の純情ぶりがおかしくて、たまらない。

それに、てっきり顔写真だけの幽霊クライアントだと思っていた勝浦が現れたことが、大変めでたい。

克子が言うように、『真婚』はちゃんとした会社なのだ。アヤしいと思い込んだわたしが悪かった。克子は由紀の望みを聞き、会いたがっていた勝浦とのお見合いをセッティングしたのだ。

克子は有言実行の人。これで、わたしと緑川の間も取り持ってくれる――って、ちょっと待って。

だったら、なんで『入江・高畠プロジェクト』なの？

7

幸せなんか要りません

1

　そもそも、麻美が結婚相談所『真婚』に就職したのは、どさくさ紛れに自分の結婚相手をゲットするためだった。そして、めでたく緑川というターゲットを発見した。だから、あとはそっちに集中すればいいだけのはずだった。

　ところが、克子が高畠由紀を本命の勝浦と引き合わせた。そして、あろうことか二人が連れだって真婚オフィスをあとにするのを見たとき、麻美の中に緑川との結婚欲以外のものが現れた。

　テストデートだの男受けする女のモデル役だの、麻美が自分らしさを発揮することで、入江、高畠という結婚難民が夢を叶える。そうじゃなかったのか!?

　ダメよ、こんなの。『入江・高畠プロジェクト』は、入江・高畠のカップリングで、絶対、成功させなきゃ。わたしのために。二人のために。

「どういうことなんですか！」

二人の姿が消えるやいなや、麻美は克子に嚙みついた。

「入江さん、由紀さんに好かれようとすっごく頑張ってるんですよ。こんなの、ひどすぎます！」

克子は微笑んだ。

「すっかり、入江さんに入れ込んでるのね」

「だって……担当ですもの。入江さんの望みを叶えてあげたいです」

「よかった。あなた、ようやく、この仕事にふさわしい心がけを持てるようになったのね」

また、上から目線で人をなぶって。

「はぐらかさないでください」

ふくれっ面で抗議する麻美の肩を軽く叩いて、克子は含み笑いをした。

「怒るのは、結果を見てからにしてちょうだい」

それから二日後、出社して事務室のドアを開けると、都丸と敏江が佐川のデスクに集まってクスクス笑っているのが見えた。

「おは」ようございますの途中で敏江が振り向き、「しっ」と右の人差し指で唇を押さえ、左手で「おいでおいで」をした。

反射的に息を殺して近づくと、佐川のデスクに立てたタブレットで動画を見ているところだった。

所長室の様子だ。ソファに由紀と克子が座っている。髪を後ろでくくり、スウェットを着た由紀がティッシュを鼻に当て、克子がその横にぴったり寄り添っている。

「なに、これ」

思わず声に出すと、佐川が「スマホとタブレットで隠しカメラを構築できるんだよ」と説明した。

それも驚きだが、知りたいのはこの状況だ。

自意識過剰の由紀が、普段着というより部屋着のような格好でここまで来るなんてただごとではない。

「由紀さん、どうしたの」

小声の質問に、敏江が説明した。

昨夜、由紀から克子に「勝浦とのデートでひどく傷ついた」と、ヒステリックに訴える電話が入った。そして、克子の要請で今朝やってきて、話しているうちにブワッと泣き出したそうだ。

「勝浦さん、何かひどいこと言うかするか、したんですか？」

こちらの音声が漏れる心配はないのに、つい、ひそひそ声で訊くと、敏江がどこか弾んだ様子で囁《ささや》き返した。

「会話が成り立たないんですって」

趣味。信条。好きな言葉。好きな食べ物。好きな芸能人。近頃気になっていること。何を訊いても、答えは「特になし」。しかも、答えるだけで由紀に質問を返さない。仕方なく、由紀が「わたしはこうです」と話しても、「ああ、なるほど」で終わり。さらに悪いことに、頻繁に腕時計に目をやる。

「ノーサンキュー、グッバイ」を意味する典型的なボディランゲージだ。

くぐもった由紀の声が聞こえる。

「わたし、それでもきっかけ見つけて、教えられたこと、全部やったのよ。失敗したエピソード話して、わたしってバカですよねって小首傾げてテヘッと笑うとか、時計見たときに、お時間大丈夫ですかって八の字眉で心配したり」

それらは男受けする仕草として、麻美がやってみせたものだ。そのとき、由紀は「よく、そんなこと、できるわね」みたいな軽蔑視線を麻美に投げつけ、素直に真似をしなかった。

だが、頭に入れてはいたのだ。

しかし、由紀が克子の前で再現してみせた付け焼き刃の「男受けする女」プレイは、いかにも無理やりだ。佐川はゲラゲラ、敏江はクスクス、都丸はウホッホと笑った。

でも、麻美は笑えなかった。

男受け表現の才能がない由紀が、一生懸命トライした。それほど彼女は、勝浦に好かれたかったのだ。

「それでも、あの人、にこりともしない。珍しい動物を見るような目で、じーっと見てるだけ。わたし、だんだん惨めになってきて」

そこで克子が差し出したティッシュで洟をかんだ由紀の様子が、変わった。ぐいと顔を上げ、声を高めた。

「とうとう我慢できなくなったから、本当はこうして会ってるの、ご迷惑だったんじゃないですかって、はっきり言ったのよ。そしたら」

勝浦の答えは「別に迷惑というほどのことではありません。僕に会いたがっている人がいると漆原さんに聞いたので、それでは会いましょうということで、こうなっています」。

由紀はさらに「これがお見合いだって、わかってますか」と詰問したそうだ。

「わっ、最悪。攻撃しちゃったんだ」

都丸が副音声のコメンテーターみたいな野次馬発言をする。

勝浦は顔色ひとつ変えず、「はい」と答えた。それしか言わない。

「もう、意味がわからない。人をバカにして」

由紀は肩を落とし、再び丸めたティッシュを鼻にあてた。

「なんなの、あの人!?」

麻美にも、勝浦という男の本音が見えない。

「勝浦様は無駄口をきかない極めて合理的な方で、人格に問題はございませんわ。ただ、高畠様が伴侶にお望みの資質を持ち合わせていないだけです」

克子は傲然と、由紀を突き放した。

「覚えておいでだと存じますが、私どもが高畠様向きだとご推薦いたしましたのは別の方です。それでも、勝浦様が高畠様のご希望でしたので、そちらを優先いたしました。ご本人にご納得いただかないと、押しつけになってしまいますから」

黙り込んだ由紀のほうにかがみこみ、克子は優しく語りかけた。

「いかがでしょう、高畠様。私どもがぴったりだと判断した方と会ってみてはいただけませんか。シャイで不器用ですが、勝浦様とは正反対と申しますか、人間味溢れる温かい方です」

入江のことだ。なるほど、そう来るか。

「高畠様のお望みは、人生を分かち合う伴侶との出会いでございますね。そのために、お金もお支払いいただきました。私どもの仕事がそれに値するかどうか、お試しになっていただけませんか」

由紀はうつむいている。画面からは表情がうかがえないが、麻美はつい、タブレットに顔を寄せた。

すると由紀が顔を上げ、何か言った。克子がそれに答え、立ち上がった瞬間に映像が消えた。

「おっと、終了だ」

呟いた佐川がタブレットをつかみ、何か操作している。一方、所長室のドアが開き、二人が廊下に出てくる気配がした。

事務室のドアは閉めてあるから見られる心配はないが、麻美はあわてて自分のデスクに座り、何食わぬ顔を装った。敏江と都丸も笑いをこらえつつ、目配せを交わしている。

由紀を見送った克子が、事務室のドアを半開きにして顔を出した。

「見てた？」

ずずいっと一同を見渡して言うので、全員が頷いた。

「入江・高畠を会わせるのは、今週土曜の午後に決定。午後一で打ち合わせするから、そのつもりで」

それだけ言うと、ドアを閉めた。

「いやあ、勝浦さん、相変わらずやってくれるねえ」

都丸が大きく背伸びしつつ、面白そうに言った。

「それ、どういうことですか」

思わず訊くと、都丸は目を見開いた。

「マナミちゃん、親戚なのに所長の元ダン、知らないの？」

2

もはや、名前の間違いを正す気もない。そんなことより、初耳の事実。

元ダンって、元旦那？

「バツイチって聞いてただけですよ。親戚といってもお母さんの又従姉妹で、少し前にお葬式で会ったのが初めてだし」

母も、克子の個人的事情までは知らないだろう。

「元ダンが登録してるんですか？　それとも、サクラ？　ていうか、こういう役回り？」

「そこらは微妙っていうか、その全部って感じなんだけど、本当のところはわたしたちにも見えないのよねえ」

百戦錬磨の敏江が首をひねった。

「勝浦さんのこと一番詳しいのは、所長の義理の弟でしょう」

話を振られて、都丸は「こっちも義理の弟になったときにはもう別れてたから、奥さんからの又聞きなんだけど」と言い訳しながら語ったところによると——。

漆原の両親は妹の友子が成人した時点で離婚し、姉の克子が父に、妹が母について別れて暮らしていた。ほぼ没交渉で、克子と勝浦の結婚も電話一本で知らされただけで、式はしなかったのか、母も妹も出席していない。ただ一度、顔合わせの会食をした。全員が押し黙るお通夜のような空気を意に介さず淡々と食事する勝浦を、友子は「ヘンな人だから、お姉ちゃんにはお似合い」と思ったそうだ。

離婚は三年後のことだった。それは、母にあてた年賀状が旧姓に戻ったことで知れた。母親が電話で確かめると、「円満離婚だから、何も問題はない」とだけ言った。

かくのごとく、至ってそっけない克子だが、友子が都丸と結婚したときは、姉として式に出席した。そして、三年前に父親が亡くなったときは喪主を務め、母親と友子夫婦も参列した。

そのとき、母親が頭を悩ませていた都丸の借金問題をしっかり者の克子に相談し、「ご存じのような身の処し方を指南されたような次第でして」と都丸。

実際に勝浦の顔を見たのは、『真婚』立ち上げの段階から準備と称して雑用をさせられているときだ。

「こっちは空気和ませたくて、冗談言ったりするじゃない。けど、勝浦さんはまったく無視。完全にスルーされると、そりゃ、へこみまさあね。その感じが、相変わらずってわけ」

「勝浦さんは事業経営については頭が働くから、アドバイスしてもらってるってことで紹介されて、わたしたちも何度かご挨拶程度の会話をしたけど」

　敏江も続けて言う。

「あの人といると、上から目線なんてものじゃない、もっと高いところから見下ろされてる感じがして、好きになれなかったわねえ。あれじゃ、由紀さんが怒るのも無理ないわ」

「感情に関係する脳内スペックが全然低い人がいるんだってよ。それじゃね？」

　佐川が口を挟んだ。

「おそろしく頭のいい人に多いらしいよ」

「もしかして」

　麻美は先ほどから頭を巡る疑惑を、口にした。

「所長のビジネス・アドバイザーなら、由紀さんに冷たく当たるのも、計算してやったことじゃないんですか？　二人で企《たくら》んで」

「企んだのは所長で、勝浦さんは協力したってところだね」

　都丸が軽く言った。

「勝浦さんは誰に対しても、ああなんだ。慣れれば、どうってことないけどね」

そのときドアが開いて、再び克子が顔を出した。

「午後一といったら、一時きっかりにスタートするのよ。時間内にお昼すませてちょうだい。それから、麻美さん」

名指しされて、麻美は緊張した。

「入江担当の仕事ぶりが試されるときよ。わかってるわね」

その一言で、勝浦問題への釈然としない思いが消えた。

麻美がしてきたのは、入江に女心を教え、女受けする態度にあらためさせることだった。

だが、由紀に「男受け」矯正ができなかったように、入江の「女受け」矯正もいざとなったら形にならず、気まずい顔合わせになるかもしれない。

にわかに不安になってきた。

うまくいかなかったら……入江さんが可哀想《かわいそう》。

本番まで、知っている限りの神社にお参りしよう。まるで受験生の母親のようなことを、麻美は思った。

3

『入江・高畠プロジェクト』ファイナルステージは、真婚所長室で行われる。ファイナルステージとは、前日に麻美が聞かされた呼び名だ。

「初顔合わせでファイナルですか？」

訊くと、克子は頷いた。

「そうよ。あなたが自覚できてなかっただけで、プロジェクトはあなたが入江さんとテストデートしたときから始まっていたの。それからの時間がプロセスで、二人を会わせて結婚に追い込むまでがファイナルステージ」

「会わせても、進展があるとは限らないんじゃ」

麻美はすっかり弱気だ。不安がどんどんふくらんで、昨夜は眠れなかった。

「あなた、何にもわかってないわね。今まで、ずっと立ち会わせてきたのに」

克子がいらだたしげに吐き捨てた。

二人の欠点を指摘して、改善する気になるよう仕向けてきた。その手練手管には舌を巻いたが、だからといって、この二人がお互いを気に入るかどうかは別の問題だろう。

けれど、不安で一杯の麻美には克子に反論する気力がない。だから、悄然《しょうぜん》と謝った。

「すみません。でも、初めてだから心配で」

うなだれると、克子も力を抜いた。

「そうだったわね。言い過ぎたわ。でも、これだけ言わせて」

克子の言葉に、麻美は目を上げた。

「あの二人は、結婚をしたいの。そして、相手を探していた。そうでしょ」

問いかけられて、上目遣いのまばたきで同意した。

「その二人を結婚させるとわたしたちが決めたからには、それ以外の展開はあり得ないの。いい？」

本当にそうであってほしい。願いを込めて、麻美は今度は大きく頷いた。


取り決めた時間の五分前に、緊張した面持ちの入江が現れた。

五分刈り頭にポロシャツとチノパンツにジャケット、タウンシューズという出で立《い》《た》ちだ。結婚とは日常生活なのだから普段着でと、克子が提案したからだ。

とはいえ、何を着るかは前日、麻美が入江のワードローブを聞き出して、アドバイスした。だが、実際に彼が自分の言うことを丸ごと受け入れた姿を見たとき、麻美は感動した。

これでうまくいかなかったら、わたしも落ち込んじゃう。麻美はまたしても、心の中で世界中の神様に祈りを捧げた。

由紀は一時を三十秒ほど回ったところで、登場した。ミディ丈のワンピースにカーディガン、バレエシューズタイプのパンプス。ふんわりウェーブが肩にかかるヘアスタイル。男が好む「女らしい優しさ」溢れるスタイリングとして、麻美がモデルになっていくつか撮影した画像のひとつを採用している。

だが、まだ勝浦ショックをひきずっているのか、まったく元気がない。提案をそっくり真似ているのがかえってやる気のなさを感じさせ、麻美の不安は増すばかりだ。

克子のリードで、二人はテーブルを挟んで向かい合う位置に腰掛けた。そして、入江の隣に敏江、由紀の隣に都丸が介添人よろしく座り、テーブルのトップに克子が陣取った。麻美は克子の斜め後ろあたりに、黒子《くろご》のように控えた。

向かい合った二人は、まだ目を合わせない。由紀はうつむき、入江の目は泳いでいる。どっちを向けばいいのか、小さく混乱する入江は、ズボンのポケットから出したハンカチでこめかみのあたりを押さえた。

汗をかいたら、「失礼します。緊張で汗が」と一言ことわってハンカチを使うこと。それだけで、印象がよくなる。それが麻美のアドバイスだった。

「失礼します」の声かけこそ忘れているが、自分のアドバイスを不器用に実践する入江に、麻美はグッときた。一瞬、由紀がダメなら自分が結婚してやろうかと思ったくらいだ。

いや、それは無理ですがね。でも、後方支援はいくらでもするぞ。

「入江様、あがってらっしゃいます」

麻美はいたずらっぽく、言い添えた。彼に可愛い印象を付与するためだ。由紀がちらりと目を上げて、照れくさそうに眉を下げる入江を見た。

少しだけ、緊張が緩んだ。すかさず、克子が「本日は、お二人とも、私どもまで足を運んでいただき、ありがとうございます」と、口を切った。

それを合図に、全員がお辞儀を交わす。

「僭越ながら、まずは私から申し上げたいことがございます」

今度は全員の目が、克子に注がれた。由紀と入江は、気楽に視線を向けられる対象が見つかって、ほっとしているようだ。

克子は晴れやかに「入江様、高畠様」と、呼びかけた順に笑顔を向けた。

「私どもは、お二人がお互いのパートナーとして最適と判断いたしました。これから、その理由を申し上げます。高畠様」

呼ばれて、由紀が少し背筋を伸ばした。

「入江様は、結婚を望む理由をこうおっしゃいました。夫婦で食卓を囲みたい。そして、入江様」

唾を飲み込む入江に、克子は微笑みかけた。

「高畠様は、共白髪になるまで寄り添う伴侶でありたいとおっしゃっています」

入江の頬に赤みが差した。もともと由紀の容姿に惚れ込んでいたところに、きれいな言葉が加わったものだから、今にも舞い上がりそうだ。しかし、敏江に軽く膝を叩かれ、よだれが出そうな口元を引き締めた。

思いをダダ漏れにさせると、引かれる。それは、事前に麻美が口を酸っぱくして戒めたことだった。

4

前日、克子と麻美は入江をオフィスに呼び出し、由紀のあしらい方の最終特訓をした。

ワーキングウーマンで、仕事を辞めるつもりはないこと。意地っ張りな面があり、入江が求める従順な女らしさには欠けること。それを欠点と自覚し、よき伴侶たり得るためにもっと柔らかくならねばと健気に努力していること。しかしながら、どうしても肩の力が抜けず、場合によっては喧嘩腰になることを伝えた。

神妙に耳を傾ける入江に、克子が言った。

「確認しておきたいのですが、入江様が理想とされるような女らしさは幻想だとご理解いただいておりますでしょうか」

「まあ、ここでいろいろ説教されたからね」

入江は不機嫌な面持ちで答えた。

「あのう、入江様」

麻美は思いきって、口を出した。

「本心ではご納得いただけていないのではありませんか。お顔に不満が出ています」

基本、人によく思われたい麻美が、誰かに面と向かって批判がましい口をきくとは、我ながら驚き。二十パーセントくらい克子化しているのは、悪影響なのか、成長なのか。ともあれ、ここは厳しいことを言ってやるのが入江のためだ。そう思うと、気分が乗ってくる。

「いや、不満とか、そんなことは」

入江は仏頂面をなんとかしようと、目をぱちぱちさせた。

「入江様は笑顔が魅力的なのですから、明日はできるだけ、笑顔でいてください。そうじゃないと、もったいないです」

麻美は熱心に訴えた。おべんちゃらではなく、本心だ。五分刈り頭にしてから、笑うとガキ大将のような可愛らしさが出るようになった。

「テストデートをしたときの入江様は、笑顔に無理がありました」

正直に言うと「気持ち悪かった」のだが、さすがに言葉を選んで、麻美は入江に変化を伝えた。

「でも、ここでお話をしていくうちに、気持ちがほぐれてくると、すごくいい笑顔を見せてくださって、ああ、これなら誰にでも好かれるとわたしは思いました。ですから、高畠様とお会いになるときも、その笑顔をぜひ」

励ましたつもりなのだが、入江は暗い顔になった。

「そりゃ、あんたたちとはお互い言いたいことを言ってきたからいいけど、初対面の女性となると、うーん」

入江は問わず語りに、今まで付き合ったと言えるのは飲み屋の女将《おかみ》やキャバ嬢などのセミプロで、普通の女性とはデートらしいデートをしたことがないと打ち明けた。

「こんな顔だし、面白いことも言えないしで、自信がなくてね。たまに、合コンみたいな感じで女の子たちと話すときは、嫌がられてないかどうしても気になって、まあ、結果的にフラれるわけで……明日も緊張するだろうから」

「入江様、お顔のせいになさっちゃ、いけません」

克子が優しく言った。男を顔で選ぶ麻美は、無理やり頷いた。

「街を歩いていて、ハンサムではない男性と素敵な女性のカップルを見かけて、あの程度でも彼女がいるんだと自分を惨めに感じたご経験はありませんか?」

入江はムッとしたまま、かすかに頷いた。

そうですよね。あんな不細工に相手がいる。あんな根性悪にもいる。そう思うことは、確かにある。

不細工な恋人と結婚した友達に、遠回しにどこがよかったのか訊いたことがある。彼女は「可愛いんだもん」と答えた。

好きになったらあばたもえくぼ、と言う。麻美は、それが愛の素晴らしさだと思う。まあ、自分は「好みの顔」前提を崩せないけど、人の好みは尊重しますよ。

「入江様のお顔には、何の問題もございません」

克子がきっぱりと言った。

「そうですとも」

麻美はあわてて、同意した。

「杉浦が申し上げましたように、いい笑顔で臨んでいただければ、高畠様に入江様のよさが伝わると存じます。しかしながら、それだけでは足りません。はっきり申し上げて、あちらはまだ迷ってらっしゃいます。ですが、高畠様の心を入江様のほうに向かせる方法がひとつ、ございます」

ひとつというところに、信憑性がある。入江が問いかける目になった。麻美もだ。

「明日は聞き役に徹してください。ご自分のことに関しては、高畠様から質問があったときだけ、短くお答えになってください。そして、高畠様の言うことを、頷きながらじっと聞いていただきたいのです。反論があっても、抑えてください。意味がわからなかったら、わかったふりをせず、もう一度話してほしいとお願いしてください。黙って話を聞くだけで、寛大さをアピールできます。高畠様が求めておいでなのは、寛大さです。おわかりいただけますか？」

入江は目をぱちくりさせながら、それでもじっと考え込んだ。

「入江様、合格です」

克子が言った。

「今、私が言ったことを頭の中で反芻なさってますね。バカバカしいとお思いになったとしても、それを表に出さず、考えてらっしゃる。それが寛大さです。入江様は、寛大な方です。その美点が出せていなかっただけですわ」

麻美も横から言い添えた。

「口下手な男性は会話が途切れるのを恐れて、間があくとつい、自分のことをしゃべってしまいがちですが、そうすると、〝俺が俺が男〟だと誤解させてしまいます。どんなに顔がよくても、〝俺が俺が男〟はアウトです」

そうよ。顔が大事なわたしだって、〝俺が俺が男〟は絶対、アウト。麻美は鼻息荒く、自分の言葉を入江に保証した。

「男性は、女性のおしゃべりをうるさがることが多いですから、聞いてくれるというだけで好感度は百二十、いいえ、二百パーセント、アップします」

「杉浦の言うとおりですわ、入江様」

克子が麻美の言葉を補強した。仕事をほめられたようで、麻美は嬉しい。

「本当に、それだけでいいのかい」

入江は半信半疑だ。

おっと。不安が舞い戻った。全然タイプではないが、話を聞いてくれる。それだけで結婚する気になるだろうか？

勝浦に冷たくされて泣き出したくらいだから、由紀も根は相当、乙女だ。乙女は、見た目へのこだわりを捨てきれないのよねえ。

「聞き役に徹するというのは、相手のことを知ろう、理解しようと努力する態度のアピールに他なりません」

克子が決然と答えた。

「それに高畠様が心を動かされないようなら、高畠様のほうが入江様にふさわしくないのですわ。私どもも見込み違いと判断して、入江様には、もっとふさわしい方を必ずご紹介いたします。どうか、ご安心なさってください」

麻美は唾を飲み込んだ。思い出した。これはビジネスだ。ダメだった場合も、入江をクライアントとしてつなぎ留める手を打っておかなければ。『入江・高畠プロジェクト』と言いながら、克子は不発に終わったときのことも織り込んでいるのだ。そりゃ、そうだろう。経営者なのだから。

だが、麻美はうまくいってほしかった。

「聞き役でいいんなら、助かるが」

しゃべらないことでポイントが稼げるなら、楽だ。入江は気をよくしている。

だが、本当にそれでいいのか。考えれば考えるほど、麻美の半信半疑は全疑まで落ち込んでいくのだった。

5

さて、入江は最初から聞き役のつもりで、笑顔キープに力を注いでいる。しかし、由紀のほうが決めかねる、どちらかというと今ひとつといわんばかりの風情に沈んでいるので、どうも具合が悪い。

「あのう」

由紀がようやく、口を開いた。

「夫婦で食卓をということですけれど、わたしは料理が得意なほうではないんです」

おや、逃げにかかってる？

「それは、料理はしたくないということでしょうか？」

克子が訊いた。

「いえ、そうじゃなくて、お味噌汁とか豚のショウガ焼きとかパスタとかその程度で、レパートリーも少ないし」

一人暮らしが長い女にありがちなパターンですね。料理上手を期待されたくないという含みか。それとも、わたしに期待しないでの心か？

しかし、そんな裏読みができないのが男だ。

「いやあ、それでいいんですよ」

入江は嬉しそうに答えた。

「僕はグルメとはほど遠いんで、レストランに一緒に行って食事を楽しむ相手としては全然ダメで」

「主婦にとっても、味にうるさい夫は面倒なだけですよ。そうでしょう」

都丸が由紀に言った。

「奥様方が不満に思うのは、食事を作る労力に感謝しないことですよ。わたしなんかもそれで、いつも怒られます。ですが、入江様は手作りの家庭料理をお望みですから、そりゃあ、炊きたてのご飯を差し出されるだけで、感動なさいますよ」

「あ、あの、ご飯はおいしく炊きたいので、お米と炊飯釜はいいものを使ってます」

由紀が自己アピールに走った。料理に無関心な、ずぼらな女だと思われたくない見栄《みえ》が発動したか。だとしたら、脈はある。

「おいしいご飯ですか」

入江が夢見るように目を和ませた。由紀の口元が、かすかにほころぶ。

今、この人、案外可愛いと思ったでしょう。由紀さん、その気持ちよ。入江さん、その感じ、もっと出して。

麻美は目に力を込めて、テレパシーを飛ばした。

「美食家は健康が心配ですもの。大酒を飲まず、出された家庭料理を残さず食べて、ごちそうさまと言える夫が一番ですわよねえ」

敏江が後押し発言で、それとなく由紀に答えを迫った。

「ええ、それは」

同意する由紀の声音は、まだ弱い。すると、克子が「高畠様、お仕事の都合で夕食の支度ができないという場合はどうなさいますか」と、質問。

「今まではシングルでしたから仕事を優先しましたけど、結婚したら、そこらへんはきちんとしたいと思ってます、けど、どうしても仕事を抜けられないときはありますから……」

うーむ。自己主張が入った。この話に乗りたくない気持ちがまだある模様。

「入江様は、その点は柔軟に受け止めると、はじめからおっしゃっておいでですよね」

克子が強調。入江は「はい」とだけ、答えた。その後、続けて何か言いそうになったが、克子のひと睨みで口をつぐんだ。

よしよし。あわてて迎合するようなことを言って、前のめりを見せてしまうと逆効果。

「入江様、ご飯を作ってもらって、それだけというのでは困りますよ。働く奥様をお持ちなら、家事の分担もしていただかないと」

敏江が入江に向かって言った。

「後片付けくらいは、なさいますよね」

今度は入江に、態度表明を迫る。

「それは僕も、ずっと一人で暮らしてますから」

家事の分担オーケーをアピールすること。これも事前に教え込んである。

「日常の家事を二人でする。それでこそ、夫婦ですわ」

克子が重々しく言った。

「夫婦が寝室を別にすると離婚の危機とよく言いますが、それは違います。いびきがうるさいとか、寝具の好みとか、寝る時間の違いで、寝床は別々のほうが実際は多いものですよ。一緒に食事をとらないほうが危険度は高いと思われます。食卓を囲むのが家族の基本です。ご自分の家族について思いを馳《は》せると、懐かしいのは朝ご飯や夕ご飯の光景じゃありませんか？　私どもは、お二人ならそのような情景を作れると信じております」

克子の言葉に、敏江も都丸も微笑んで頷いている。そこまでの確信がない麻美は、こっそり下を向いた。

「では、ここからはお二人で話し合ってくださいませ」

克子がすぱっと、調子を変えた。

「お二人とも大人ですから、それぞれにご家族があり、資産があり、将来設計がおありのはずです。そういった具体的な意見交換をなさってみてください。お二人とも、意見の違いを尊重し、譲るべきところは譲る度量をお持ちですから、いい話し合いになると存じます」

克子は由紀と入江に、順にきつい眼差しを送った。

自分を譲らないから愛されないのだと、教えたでしょう？　肝に銘じなさい。目でそう言っているのが、麻美にもわかった。

克子を先頭にぞろぞろと所長室をあとにした一行は、そのまま事務室に移った。

一人残っていた佐川のデスクでは、タブレットが所長室の模様を映し出していた。佐川の背後から、早速みんなでのぞき見だ。

スピーカーの音量が絞ってあり、はっきりとは聞き取れないが、子供の頃の思い出が話題になっているようだ。

入江が身を乗り出し気味に、由紀の話を聞いている。

いいぞ、いいぞ。ちゃんと聞いている。由紀もマイ・ストーリーを語り始めたことで気分がほぐれたらしく、笑い声が混じるようになった。

自分を無視する男に傷ついたあとだけに、好意を全開にしてくれる男はなによりの薬だ。

人は、優しくしてくれる人を好きになる。

麻美は、そんな当たり前のことをあらためて、思った。

わたしも緑川に優しくしなくちゃ。

6

二人きりの会話は、三十分ほど続いた。その時点で克子が所長室に戻り、今後のスケジュールは個別に相談することと宣言して、散会となった。

ただし、由紀を先に帰し、所長室に残した入江のところに麻美が単独で赴き、時間つぶしをかねて雑談する形でクールダウンさせると打ち合わせで決まっていた。

熱いお茶を出し、先ほどまで由紀がいた場所に座って、「入江様、お疲れ様でした」と頭を下げた。

「あれで、よかったのかな」

入江は緊張が解けた安堵感に不安を滲ませて、率直に麻美に問いかけた。

「十分ですとも。押しつけがましいところもおどおどしたところもなくて、わたし、感動しました。よく頑張りましたね」

年上の男に向かって言うねぎらいの言葉として、正しいかどうかわからない。だが、麻美はどうしても、ほめてやりたかった。

入江には麻美の言葉を気にかける余裕がないらしく、「あちらさんがどう思ってるか、いつ、わかるの」と、やきもきしている。

「少し時間をおいて確かめてから、お知らせしますからご安心ください」

「……安心はできないよ。やっぱり、自信がない」

正直に弱音を吐く入江に、麻美の胸がきゅんとなる。

「お二人が結ばれるよう、スタッフ全員で後押ししますから」

克子のように強い言葉で力づけてやりたいが、麻美にはこれが精一杯だ。

「まあ、ダメならダメで、あきらめるよ」

入江は弱々しい笑顔を作り、自分に言い聞かせていた。

入江を全員で見送ったあと、克子はあっさり「お疲れ様。今後のことは、週明けまで様子を見てからにしましょう」と、解散を告げた。

都丸と敏江は「お疲れ」と言い合って、さっさと姿を消した。佐川はとっくに、いなくなっている。

興奮と心配が交錯する麻美は、克子に気持ちを聞いてほしくて残った。

所長室に行くと、ハイヒールを脱ぎ捨てた克子がソファに寝転がっていた。麻美を見るや、「お茶道具、片付けて」と当たり前のように命令した。

それでも、麻美が不承不承、器をトレイに移していると、優しげな声でねぎらった。

「ご苦労だったわね」

それで気が緩んだ麻美は、向かい側のソファに腰掛けた。

「由紀さん、入江さんと結婚する気になるでしょうか」

克子はあくびをした。

「これを逃したらあとがない、とかガンガン吹き込むけど、そうねえ。どうかしら」

あらま。弱気。というより、やはりビジネスだから、ダメな場合の第二案がすでにあるという余裕なのか。

克子は身体を起こし、横座りで足の裏を揉みながら話し始めた。

「わたしはね、普通の家庭で普通に育った人同士なら、極端なことを言えば、目をつぶって適当に選んだ相手とだって、ちゃんと結婚生活を送っていけると思ってる。あなたもそうよ」

「………」

承服しかねる。そりゃ、うちは普通の家庭で、わたしも普通に育ったけれど、結婚できてないよ。そりゃ、選り好みするからだと言われてるけどさ。

「普通に生きるってね、おおげさなことを何も言わず、無意識に、家族のために生きるってことよ。だから、普通の家庭で普通に育った人間は、家族のために頑張って生きる気持ちが自然と備わっているの。だから、日常生活を共にしていく過程で愛情を醸し出して、馴れ合っていけるのよ。それなのに、この人とだったらオーケー、この人とはイヤだっていうのは、おいしいケーキが目の前にあるのに手を出さないのと同じこと。もったいない」

もったいないと言われると、損をしているような気がしてくるから不思議だ。選り好みを譲れない麻美も、揺らいだ。

克子は麻美の表情を読み取ったのか、ニンマリした。

「この言い方なら、どう？　効く？」

「……けっこう、きます」

正直に言ったが、からかわれたようで納得がいかない。

「それ、本心ですか。それとも、ビジネストーク？」

「本当にそう思ってる。でも、普通の家庭で育っても、結婚に向かない人種はいるわ。それはもう、生まれつき。わたしとか勝浦さんみたいにね」

えっと。どんな顔をすればいいのか。麻美は目を泳がせた。

「わたしと彼が結婚してたこと、聞いてるでしょ」

「はい」

「結婚って、不思議よ。馴れ合えるのに結婚してない人がいるかと思えば、一人でしか生きられないのに結婚しちゃう人もいる。でも、そんな結婚は続かないわ」

そして克子は、自分の場合を語った。

克子の父親は税理士。母親は、彼を雇っていたこのあたりの土地持ちの娘だった。『真婚』が入っているビルは、母の持参金として与えられたものだ。

その優越感のせいか、母親はお嬢さんのままで、主婦らしいことを何もしなかった。母の実家から派遣された家政婦が、家事を仕切っていた。

ところが、父は小津安二郎《おづやすじろう》の映画に出てくるような妻に憧れを抱いていた。

主人が帰ってくると、玄関先に三つ指ついてお帰りなさいませとお出迎え。「うん」と答えて家に上がる夫が差し出す帽子と鞄《かばん》を受け取り、冬なら後ろに回ってコートを脱がせる。

居間に入ったところで、背広を脱がせてどてらに着替えさせ、膝をついて帯を締めるのまで手伝う。その間、夫は大威張りで突っ立っている。それから、妻は問いかける。あなた、ご飯、それともお風呂を先になさいます？

子供を叱るときの言葉は、「お父さんに叱ってもらいますよ」。徹頭徹尾、夫を立てる。だが、それは男の身勝手な幻想だ。その証拠に、小津安二郎自身は独身を貫いた。

それでも、休日には父が行くところについてまわっていた克子は、名画座で一緒に小津映画を観《み》て、理想的な妻像を刷り込まれた。

そして、父が見込んだ青年とただ一度の見合いで結婚した。それが勝浦だった。

父は、数値分析部門の専門職である彼なら、娘が金の苦労をせずにすむと思ったのだろう。

克子は、父がすすめる相手だから結婚した。そして、父に刷り込まれた「完璧な日本の主婦」になろうとした。

専業主婦になり、家事にいそしんだ。料理は和洋中、全部習得し、シャツもハンカチもぴしっとアイロンをかけ、シンクはピカピカ、室内にはゴミひとつなく、住んでいたマンションの外廊下まで、きれいに掃除した。

夫婦に会話はなく、従って諍《いさか》いもなく、それぞれの時間が別々に流れていく。何も分かち合うものがなく、二つの機械が関連のない動作を繰り返しているだけの日々。

いや、しかし、ごくたまにセックスはあった。だから、二年目に妊娠した。だが、流産した。

勝浦は、ああ、そうだったのと言うだけだった。そして克子は、流産に安堵した自分に小さく恐れを抱いた。勝浦はともかく、克子に彼への愛情がないことがはっきりした。このままでいいのだろうか。心の底から、疑問が湧いた。

結婚三年後に、父が脳梗塞で倒れた。克子は看病のために里帰りし、そのまま居残った。

電話で離婚を申し出ると彼は、そう言い出すことは予想できたと、あっさり受け入れた……。

「……なんか、信じられないです」

聞き終えた麻美は、なぜか悲しい気持ちになった。

「お二人とも、ヘンですよ」

「そうね」

克子は寂しげに笑って、同意した。

「わたしはポストから亡くなった父のネームプレートをいまだにはずせないほどの重度のファザコン。父親好みの主婦をやっている姿を、父に見せたかっただけ。だから、父の娘でいる日々に戻ったら、もう彼のところには戻れなかった。勝浦さんは、あの人は……」

珍しく言いよどむ克子の伏せた目に、ほのかな明かりがともった。

「ほんとに悪気はないのよ。あの人は自分の態度がなぜ人を傷つけるのか、わからない。なぜ、人が自分に興味を持って会いたがるのかもわからない。だから、傲慢なわけじゃないのよ。由紀さんとのことは、わたしのビジネス戦略だとわかってはいたと思う。でも、わざと冷たく当たったんじゃない。確かに、会わせる前にそのことを由紀さんに言わなかったのは、悪巧みと言われても仕方ない。でも、由紀さんは入江さんと結ばれるべきなのよ。そう思わない？」

「そうですね……」

入江のためには、その通りだ。

「だから、それを伝えましょう。うんと言うまで、わたしたちもあきらめずに粘るのよ」

「そうですね。頑張ります」

麻美は拳を握りしめた。

「わたし、入江さんは由紀さんを幸せにできると思いますもん」

「幸せ？」

克子は薄く笑った。

「幸せって、そんなにいいものかしら。人生って、苦しいことの連続よ。幸せじゃないのが普通なのよ。それなのに幸せを求めるから、不幸になる。不幸にならない唯一の方法は、幸せを願わないことよ」

そりゃそうだけど。屁理屈よ。麻美は唇をとがらせた。

「わかってるわよ。わたしはひねくれてます」

克子は笑って、またソファに寝転がった。

「だから、結婚にも失敗した。でも、あなたは大丈夫。ちゃんと結婚して、どうということのない日常を助け合って生きていける。毎日、旦那のお弁当を作り、彼がうんちをくっつけた下着を洗い、ちっとも話を聞いてくれないのにイライラし、子供ができたら子育てに苦労して、どんどん老けていって、はげ頭のおじいさんと白髪のおばあさんになって、二人でよたよた横断歩道を歩くところまで、憎んだり恨んだり怒ったりの山坂を乗り越えていく。いろいろあっても、二人でいることを選び続ける。あなたのお父さんとお母さんみたいにね」

麻美は眉を寄せ、克子の言葉を反芻した。

はげ頭の緑川と白髪の自分を想像するのは無理だが、それ以外は、大丈夫。できる。

お父さんとお母さんにやれたことなら、わたしにもできる！

だから、一刻も早く緑川にアプローチしなければ……なんだけど、どうすればいいんだろう。

好きよ好きよと怒濤の寄り身で迫られるのはイヤ。でも、自分を好きになってくれる人が好き。

実家暮らしで生活の面倒は見てもらっているから、不自由や寂しさにつけこんで結婚に持っていく作戦は通用しない。かといって、このままシングルでいくとも思っていない。心のどこかで、自分もいつかは一家の主になると信じている。

てことは、えーと。

考え込んでいると、克子が言った。

「いくら母親や姉が猫可愛がりしてくれても、そんな環境は息が詰まると感じて独立する男のほうが多いものよ。まあ、緑川くんの場合は実家が職場だから、二十八、九で同居でも無理はないけど。それより、わたしはね。家族と一緒に暮らすのが、彼にとって快適なんだと思う。だから、母親や姉たちに嫌われる女は、いの一番に圏外よ」

「でも、好きになったら反対を押し切ってでもということになるんじゃないですか？」

わたしは駆け落ちもオーケーよ。その気持ちで反論すると、克子は鼻で嗤った。

「恋愛体質じゃない男が、そんな情熱的なこと、すると思う？」

「だから、突然、嵐のように恋に落ちて」

「そういうことは、恋に落ちたい病にかかってる人にしか起こらないし、起きたとしても気のせい。第一、ホれたハれたを最優先にできる男は、生活力のないろくでなしよ」

あ、それって、鮫島だ。今、すっごく納得。

思わず頷いた麻美に、克子は言った。

「緑川くんは家族を大事にする人よ。だから、お母さんやお姉さんが揃って推す人なら、あっさり結婚するわよ」

そうなんですか!?

麻美の目が二倍くらいにふくらんで、飛び出しそうになった。

「あの家の女たちの中に紛れ込んじゃえば、ことは一層スムーズに運ぶでしょうねえ。男って自分は何ひとつ変わらず、まわりが変わってくれるのを望むものだから」

紛れ込むって、つまり、それは、えーと。

「うちで働いていれば、何かとあそこの実家に用足しに行ってもらう機会も増えるわねえ」

克子はスマホを操作しつつ、ついでのように呟いた。

もう、うまいんだから。

麻美は唇をとがらせたが、湧き上がる期待と意欲でニマニマしてしまうのを抑えられなかった。

麻美の女子力は、おばさん軍団にも対応可能です。そもそも女子力とは、ターゲットの気に入るように振る舞う演技力を指しますからね。おばさん相手には、外見も中身もほめそやし、一方的なおしゃべりに付き合ってやり、たまにおいしいものを持ち込めば、「なかなか、いい子じゃない」と受け入れられるはず。よーし、やるぞお。

しかし、まずは本人にアタックだ。

7

月曜日、麻美は緑川と二人きりになった。

場所は、『真婚』所長室と税理士事務所の中間にある、タペストリー裏の「奥の間」である。

『真婚』オフィスを広げ、あそこを正式に所長室の一部とする。その準備として、雑多な荷物をパッキングする作業を指示された。

そこには、電気関係の工事を務める緑川がいる。麻美が整理担当であることは、彼に伝えてある。

お膳立てはしたわよ。克子はそう言った。

麻美は汚れてもいいように、トレーナーにジーンズにエプロンをつけ、軍手をはめて「奥の間」に入った。

作業着スタイルにまとめ髪でもちゃんと可愛く見えるよう、甘めの色遣いやほつれ毛で工夫してある。それから、緑川と飲むためのコーヒーを入れたポットも。任せとけ。

「奥の間」は幅二メートルくらいの細長い空間の両方の壁に、デスクとファイルを詰め込んだスチールシェルフが並んでいるだけだ。実に殺風景な物置でしかない。見られたらまずい物は片付けられたあと、ということも考えられるが、もはや、そんなことはどうでもいい。

中に入ると、緑川はすでにいて床に広げた図面を見ているところだった。

「お疲れ様です」

麻美はその背中に、声をかけた。

彼は首だけで振り返り、「あ、どうも」と軽く会釈した。

「今日は、よろしくお願いします」

意味のない挨拶だが、麻美にすれば会話開始のホイッスルである。

「はい。どうも」

緑川も意味のない挨拶を返し、再び図面にかがみ込む。

「ここ、謎の部屋だったんですよ」

麻美も緑川に背中を向け、段ボールを用意しながら話し始めた。

「所長に、入っちゃいけない、のぞき見もダメって言われたもんですから。ただの倉庫だとは聞いてたけど、所長って急に現れたり、魔女みたいなところがあるじゃないですか。だから、ここに何か秘密があるような気がしてて」

「ここ、監視カメラのモニター部屋だったから、所長としては見られたくなかったんだろうね」

緑川はおかしそうに、さらっと暴露した。

「監視カメラ？」

思わず振り返ると、緑川が自分の横にある段ボールを指さした。古いタイプのディスプレイとコード類が見える。なーるほど。しかし、今はそんなこと、どうでもいい。

麻美は興味をそそられたふりで、緑川のそばにしゃがみ込んだ。

「緑川さんがセットしたの？」

さりげなく、ため口に移る。彼は少し自慢げに「うん」と頷いた。

「『真婚』と税理士事務所をひとりで管理しなきゃいけないから映像でモニターしたいけど、できるだけ経費をかけずにやれる方法はないかって相談されて、中古のカメラとディスプレイのセットでやってみたわけ」

「そんなの、個人でできるの？」

「できるよ。どんどん進化して、今じゃ、スマホとタブレットでもできるから、これはお払い箱」

それは所長室の映像のぞきで知っているが、前からやっていたとは。

言われてみればずいぶん簡単な種明かしだが、克子がそこまでしているとは思いも及ばなかった。

「でも、なんだかイヤだな。隠しカメラで、いつも誰かを監視してるなんて」

これは、正直ないい子のアピール。

「自宅用は、留守中の子供やペットの安全を確かめるのが目的で設置する人が多いよ」

「そうかあ。それなら納得」

働き者を印象づけるため、麻美は持ち場に戻って、手を動かしながら、おしゃべりを続けた。話題は、克子に教えられた結婚難民のいろいろについてだ。緑川は「ふーん」「へえ」と短く答えながらも、耳は傾けている。ここぞという笑いどころでは、ちゃんと笑うことでそれが知れた。

結婚難民のあら探しは、笑えるものな。仕込んでおいて、よかった。これも、克子に今日のことを教えられたからこそ。

さて、本題にとりかかろう。

麻美は床にしゃがんで、段ボールに資料を詰める手を休めず、「わたしね」と話しかけた。

「ここで働くようになってからずっと、緑川さんのお仕事ぶり見て、ちょっと感動してたんです」と、ここは尊敬を表すための敬語。

「感動？」

オウム返しする緑川の少し驚いたような声が、麻美の背中をくすぐった。

「おおげさかもしれないけど、所長としゃべりながらでも、手際よく作業してるでしょう。そういう職人っぽさって、いいなあ、カッコいいなあって」

そこで、クスッと笑ってみた。というより、こんな嬉しがらせをすいすい言う自分の図々しさに照れ笑いしてしまったのだ。

でも、気持ちは本物よ。家庭を大事にする男は、仕事もちゃんとやる、だから信用できるって、克子が緑川推ししたんだから。

「いや、でも、これくらいのこと、誰でもやってるよ」

謙遜する緑川の声は、それでもニヤけている。仕事ぶりをほめられて喜ばない男はいませんって。

「そうでしょうけど、わたしは今までネクタイして、さも忙しそうに電話ばっかりしてるサラリーマンしか知らなかったから、新鮮で。あとね、所長と話してるとき、修理が好きって言ってたでしょう？　そういうのも、カッコいいと思った。災害で建物や家電なんかがダメになったときにも、あるものでなんとかして生き延びられそうじゃないですか」

「グフ」

緑川が小さく吹いた。

肩越しに向けた視線の先に、緑川の笑顔があった。目が合った。

目で微笑みを交わしたあと、麻美はすぐに段ボールに向き直った。

「やったー!!」の顔を、見せるわけにはいかない。

ドキドキが激しくて、もう口もきけない。緑川も何も言わないが、フワフワした空気が背中に当たるのを感じる。

緑川が今、麻美の微笑みを脳内再生している。感じるのよ！　そういうこと、わかるんだから！

背中を向け合って、それぞれの仕事を続ける。ひとつの空間を共有して。

これが始まりなのよ。そうでしょ？

その一方、麻美は『真婚』の仕事の手は抜いていない。

『入江・高畠プロジェクト』ファイナルステージは、二人だけのデートをするところまで進んだ。

克子がまず由紀に電話をかけ、入江との見合いを望む候補者が現れたとふっかけたのだ。幸い、入江は由紀を気に入っているから、できるだけ早く会って結婚生活へのヴィジョンを語り合ってみてはどうかと持ちかけた。

そのうえで、入江に由紀がデートに応じた旨を伝えたのは、担当の麻美である。麻美は、二人きりで会うことを不安がる入江を呼び出して、次のようにアドバイスした。

口下手なので何か失言したら遠慮せず怒ってくださいと、最初に言ってください。相手の言うことをしっかり聞いて、質問には正直に答えてください。話題に困ったら、最近一番笑った出来事、感動したニュースは何か、訊いてください。これなら、話す過程であちらの気持ちがほぐれますから。一緒に笑えれば、デートは成功です——。

生真面目にメモを取る入江に、麻美は「頑張って」と言わずにいられなかった。

他の作業もきっちり、やっておりますよ。

克子の指令通り、ユニークな婚活業者で働いていることを、フェイスブックで公表した。

「人生経験豊かなスタッフのお手伝いをしながら、結婚について勉強中。結婚願望はすごくあったけれど、結婚できずにいた理由がわかってきて、少しは成長したかな。みなさんの婚活をサポートしながら、自分もいい結婚をそのうち、する予定です！」

そんなことを書いたら、わらわらとかつてのクラスメイトや友人の友人から、興味津々の連絡が届いた。

世の中にこれほど、結婚したいのにできていない人がいるのかと驚いたが、自分だってその一人だったのだ。

会って話したいと言ってきた友人とカフェで落ち合った麻美は、敏江からの受け売りを話した。

昔は年頃になると自動的に縁談が持ち込まれていた。逆に言えば、周囲が縁づけないとできないのが結婚というものなのだ。だから、婚活業者に頼れば、結婚はできる。

「おたくで本当に、いい相手が見つかるの？」

失礼なことを言う友人に、麻美は笑って言い返した。

「そう言うあなたは、自分が好きなタイプの誰かに一発で惚れられる女だと自信持って言える？」

彼女はムッとして、口をつぐんだ。不快だが、痛いところを突かれた自覚がほの見える。

「幸せにしてくれる人を探してたら、一生すれ違いよ。結婚ってさ、誰かと一緒に苦労することなんだから。苦楽をともにするって、素敵でしょ？」

麻美を見返す彼女の目つきが変わった。

「一度、じっくり話しに来ない？」

麻美が差し出す『真婚』のロゴ入り名刺を、友人はしっかり受け取った。

解説　「幸せ」は必要ですか？

中江有里

人間は大なり小なり幸せを求める生き物だ。その切実な思いを子どもの名前に込めたりもする。

たとえば「幸恵」と書いて「ゆきえ」と呼ばれる娘は、物心ついたときから自分の名前の由来を聞かされて育った。

「ゆきえ」はこれまで「名前はどういう漢字ですか？」と聞かれる度に、親の口調を真《ま》似《ね》てこう答えてきた。

「幸せに恵まれる、と書きます」

ある時から「ゆきえ」はこの答えが妙に恥ずかしくなった。むろん名付け親には何の恨みもない。

しかし「幸せに恵まれる」と自分で語ることには違和感がある。と、いうか図々《ずうずう》しい。何にもせずに名前だけで幸せに恵まれるなんて思うなよ、と「ゆきえ」は自分につっこみたい。

冒頭から毒づいて全国の幸恵さんを敵に回してしまったかもしれませんが、これはわたし自身の実話です（本名は幸恵と言います）。

ところで本書は結婚欲満々の自動車関連企業のＯＬ・杉浦麻美の物語である。

麻美はそこそこにモテて、表情やしぐさ、ファッションセンスと男心をくすぐる術《すべ》を兼ね備えている。「二十八歳くらいで結婚すればいい」と実家暮らしをよいことに給料は全部自分のために使い、オシャレに旅行にグルメにと独身生活を謳歌《おうか》していた。なぜなら結婚の現実を知っているからだ。

「結婚したら、こうはいかない」

三つ下の妹・良美は大学在学中に妊娠し、中退して結婚。今や三児の母として育児に身をやつす姿を麻美は見下していた。

「若いうちしかできないお楽しみが山ほどあるのに」

周囲の結婚が相次ぎ、焦りを感じていた二十六歳のときに、ついに麻美にもチャンスが訪れる。面白みはないが頼りがいのあるエリート社員。二十七歳の誕生日にプロポーズを受け、まさに理想通りの結婚をしようとしていた麻美だが、思いも寄らない落とし穴に遭遇する……。

婚約破棄した手前、会社にも居づらくなり退職。そして結婚できないまま三十歳を迎えた麻美。実家暮らしで未婚で職の定まらない娘（三十歳）を心配した母は遠い親戚（正確には母の又従姉妹《またいとこ》）漆原克子を紹介する。

税理士の克子の副業である結婚相談所『Shin-kon』（真婚）を手伝うことになった麻美。その真意はお金だけではない（ほぼ無給）。結婚相手の情報が手に入るかもしれない。何より会社に出入りする電器屋の緑川くんとの仲を取り持ってもらうため。斯《か》くして麻美の婚活&仕事が始まった。

本書は心にぐさぐさ刺さる言葉が満載だ。

〈結婚するのは、その気になっている男だけである〉

麻美の元婚約者は結婚して一人前と思い込んでいるところがあった。彼が婚約破棄から間もなく別の女と結婚したのも「その気」の為《ため》だろう。逆に言えば「その気」のない男は押しても引いても結婚しない。おそらく緑川くんは後者だ。彼に「その気」を持たせる技を、麻美はまだ持っていない。

〈愛される自分になるとはどういうことか、わかるようになる〉

この言葉の前段に「真婚の仕事をすれば」とある。麻美は緑川くんに女として意識され、あわよくば愛されたい。仕事ができるようになれば、結婚が近づく！　ちょっと待って。麻美はどちらかといえば愛され上手。勝手に分析するとロマンティストに見えてリアリスト。計算高いように見えて「好きな人と結婚したい」という純粋な願望を抱いている乙女な部分もある。

そんな麻美を「現実をシュガーコーティングするスキルが、あなたはほぼ無意識の領域に達してる」と克子は評する。

なるほど、麻美は自らを男が好む女性像にシュガーコーティングし、好きになった相手をあこがれの俳優と重ね合わせ、妄想でシュガーコーティングする。最初から生身の自分を愛し、愛されようなんて都合のいいことは求めていない。

それと比べると、真婚に登録した客たちは不器用で正直すぎる。客の一人である入江雄高とのテストデートにかり出された麻美だが、やけに押しの強い彼と会話が成り立たない。そこで女性との会話のアドバイスをするが「できたら、苦労しない」と不機嫌な入江。

そんな入江に克子は容赦ない。

〈プライドの高い方ほど、したくないことをできないことにすり替えてしまいます〉

〈今のままのあなたに惚《ほ》れ込むと、本気で信じてらっしゃるんですか？〉

誰からも認められ、好感を持たれたい。このままの自分を愛してもらいたい。ささやかな願いのハードルは、実のところ高い。「○○されたい」という受け身の結果を出すには、自分なりの考えや戦略を持って実行してこそ。麻美のシュガーコーティングだってそのひとつだろう。

そして一番印象的なのは、この言葉だ。

〈人を変えるのは、よき出会いだけ〉

ニュースキャスターもどきのスタイルを持つ高畠由紀は長年の友人であるゲイバーのママに背を押されて真婚の扉を叩《たた》いた。しかし「結婚願望もねえ、さほど強くない」と言い訳がましい。そんな彼女を静かに動かしたセリフ。

由紀は結婚を望んでいる。それを素直に認められない。お金もキャリアもそれなりの美貌もあるけど人生のパートナーが欲しい。心のガードをゆるめてくれる相手が欲しい。その為には、自分自身をシュガーコーティングする必要があるのだ。

本書を読んで、結婚において二つの発見があった。ひとつは〈人を変えるのは、よき出会いだけ〉とあるが、変わる主体は自分ということだ。誰かに変えてもらうのではなく、自らが変わる気持ちがなければ人は変われない。入江も由紀も結婚したいから変わろうとする。その一途《いちず》な思いが人を動かしていく。この場合、結婚相談所に登録する、という行動の変化が出会いを呼んだのだ。

もうひとつの発見は、結婚とは捨てること。

「好きな時間に寝起きして、料理が面倒なら作らない、掃除もしない、誰にも迷惑かけてないんだからと、自分を許し放題」そんな生活を捨てること。我《が》を捨てることだ。快適な一人暮らしをやめて、我慢を強いられるかもしれない共同生活を始めるメリットは、ひとりぼっちじゃないこと。苦楽を共にしてくれる人がいること。


ここまで、結婚を語る時に必ず出てくるキーワードがまだ出ていない。

それは「幸せ」だ。

出産、進学、就職と人生に祝われることは何度もあるけど、「おめでとう」に「お幸せに」が加わるのは結婚だけ。

はたして結婚すれば幸せなのか。

むしろ過剰な期待を寄せるから、失望する人が絶えないのでは?

幸せという大きなものを掲げるあまりに、結婚が難しくなっているような気がする。

幸せになると信じて結婚したのに不幸だと感じたら、大きなショックを受けてしまう。

正直に言うと結婚は苦楽を共にするものだと、本書で言われるまでわたし自身気づかないふりをしていた。

生まれ育ちの違う他人と家族になるのは大きな決断だ。だけどそれは運命でもなく、唯一の相性でもなく、単に人生の選択だと思う。

結婚をしてもしなくても、それなりの幸せと不幸はある。「幸せに恵まれますように」と願いを込めて育てられても同じことだ。

あるときふと思いつき、何十回目か何百回目かわからないが、名前の漢字について聞かれたときに、こう答えた。

「幸せを　恵む、と書きます」

自分ではなく、他の人の幸せを祈る方が気持ちいい、と気づいた。

進学や就職みたいに一人でするのではなく、結婚は二人で始める。始めてから知ることのほうが多い。

一人ではない煩わしさや面倒くささを喜べるのか。

我慢することを楽しめるか、一緒に苦労することを素敵と思えるか。

すべては自分次第、解釈次第。

それでもまだ結婚に幸せは必要ですか？

（なかえ・ゆり　女優／作家）

本書は、二〇一五年二月、集英社より刊行されました。

初出「小説すばる」

幸せは落とし穴　二〇一二年七月号
何様のおつもり?　二〇一二年十月号
結婚したきゃ、頭をお下げ　二〇一三年一月号
プライドは捨てるに限る　二〇一三年四月号
結婚不可人種のあなたたち　二〇一三年七月号
我慢できない人間を、誰が我慢する?　二〇一三年十月号
幸せなんか要りません　二〇一四年一月号

JASRAC　出　1800375-801

集英社文庫

幸《しあわ》せ嫌《ぎら》い

2018年2月25日　第1刷　　定価はカバーに表示してあります。

著　者　平《たいら》　安寿子《あすこ》

発行者　村田登志江

発行所　株式会社　集英社
東京都千代田区一ツ橋2-5-10　〒101-8050
電話　【編集部】03-3230-6095
【読者係】03-3230-6080
【販売部】03-3230-6393（書店専用）

印　刷　凸版印刷株式会社

製　本　加藤製本株式会社

フォーマットデザイン　アリヤマデザインストア　　マークデザイン　居山浩二

ISBN978-4-08-745705-6 C0193